그늘이 말을 걸다

문학의숲

장유정

1961년 경기도 평택 출생, 단국대 문예창작과 석사 졸업
2013년 「떠도는 지붕」으로 〈경인일보〉 신춘문예 당선
2015년 '아르코문학창작기금' 수혜

그늘이 말을 걸다

1판 1쇄 인쇄 2016년 03월 15일
1판 1쇄 발행 2016년 03월 25일

지은이 장유정

발행처 문학의숲
발행인 고세규

신고번호 제300-2005-176호
신고일자 2005년 10월 14일

주소 (121-896) 서울특별시 마포구 동교로13길 34(서교동 474-13)
전화 02-325-5676
팩스 02-333-5980

값은 표지에 있습니다.
ISBN 978-89-93838-38-1 03810

아무도 없는 저녁밤길,
열세 살 나와
두려운 낯섬을 손잡고 걸었습니다.

이제 그 안갯속을 혼자 걸어야만 합니다.

이 세상에서 다시는
그 손 잡을 수 없는
아버지께 바칩니다.

그늘이 말을 걸다

1부

빈 집

새벽 감나무 밑에 잎사귀가 쌓이고 있다.
허공이 내어준 길이라고 겹겹
제 몸 벌려 받아내고 있다.
촉촉하게 젖었던 눈가 마르며
바스락거리는 잎들의 신음소리
어둠 밀쳐낸 밤처럼 잎사귀마다
상처로 얼룩져 있다.
햇살이 눈동자를 찌를 때마다
안개의상을 벗는다.
시선을 붙잡고 늘어지는 유난히 붉은 감
저물 무렵의 노을처럼 붉은 열매도
감당하기 힘든 고통은 뒷전으로 밀려나오나 보다.
땅의 지붕에 누워 하늘을 본다.
가지에 매달린 허공이 투신한다.
생은 높은 곳에서 낮은 데로 떨어지는 것일까?
낙하가 크면 클수록 속 뭉그러져 으스러진다.
가지에 걸어둔 붉은 화인처럼
허공은 늘 빈 집으로 남아 있다.
더 이상 돌아갈 수 없는 계절이다.
그렇게 가을은 어딘가로 맞닿아 있었다.

구부린 고민

지붕을 밟고 잠긴 별들이 돌아다녔다
그럴 때마다 구부러진 물음들이 뒤척거린다
두드려도 열리지 않는 문처럼
흔들어 깨워도
일어설 수 없어 굽어져 버린 시간
세상의 온갖 고민 따위는 구부린 등에 있다는 듯
늙은 남자가 새우잠을 자고 있다
의문의 그림자가 첩첩이 덮인
가만히 저녁을 견디다
병 속을 아래위로 흔드는 습관처럼
숨 쉴 때마다 남자의 등은 한없이 굽어져 간다

효모가 들어가 자연적으로 발효되는 알코올과 같이
고민도 취하는 시간이 있다
술 냄새가 묻어 있는,
무의식 속에서도 펴지지 않는 저 웅크린 잠은
퀭한 걱정들이 궁리 끝에 취할 수 있는 자세다
끝없이 몸을 뒤척이다가 뜬눈으로 몸을 나가는 취기
젊을 적 질문들은 늦은 해장거리도 안 된다는 듯

한 사발 물부터 찾는 구부러진 고민
어느 지점에 가서야 풀어지는 실마리처럼
고민도 거듭하다 보면 스스로 풀릴까
더 달릴 주석도 없는, 남자의 물음표들

돌아눕는 대답의 모양
냄새가 옅어진 문고리들이 꿈꾸듯 흔들리고 있다

마술사

열 개의 손가락마다
하얀 연기가 피어오르는 눈알이 있다.
주문이 붙은 일들이란 대부분
숨어 있는 법칙이 있고 화려한 무대를 갖고 있다.
떠오르는 몸, 의상도 없이 날 수 있는 인간의 꿈은
공중부양의 한 때로 흔들거릴 뿐이다.
어릴 때 공터에서 관객들을 모으던 마술사는
사실 친구 아버지였다
틈만 나면 모자에서 새를 꺼내고
장미를 피어나게 하던 속임수와 잦은 실패들
마술은 마음을 열게 하는 것이 아니라
감정을 잠그게 하는 것이라던 그.

끌어당기는 자석효과로 시선은 상대방 눈빛을 따라간다.
비밀추측이 불가능한 기적을 만든다.
속지 않겠다고 다짐하는 관객과
완성하는 신비스러움이 깨진 마술사는 매력적이지 않다.
순례하는 도시마다 갖고 있던 것들
손에서 해결되는 주름과 흰 수염, 낡은 모자 등

모든 실체들은 그림자로 몰려갔다.

어느 가을 거짓말처럼 마술사는 제 아들을 사라지게 했다.
인간 사이의 친교를 부정하듯
그는 불임의 침대를 가지고 있다.
모자를 열면 창문 밖에서 새들이 우르르 날아갔다.
어떤 속임수도 없는 얼굴에서
마술처럼 눈물이 뚝뚝 떨어지던 그의 마지막 마술을 보았다.

뿔

절벽의 안쪽은 가끔 돌 굴러 떨어지는 소리를 낸다. 아래쪽에 도착한 낙석과 추락은 협곡의 메아리가 된다. 그 메아리가 발굽이 된다.

가쁜 숨 몰아쉬는 절벽의 발굽이 있다.

절벽에서 임의의 한 영역으로 산다. 스파이더맨처럼 뱃속에서부터 절벽을 오르는 학습을 했다. 풀을 뜯듯 암벽에 비치는 노을을 뜯지만 절벽 아래쪽에는 뿔을 키우는 소금이 있다. 계절에 따라 이주하는 습성이 있어 여름에는 고도가 높은 곳으로 올라가고 겨울엔 낮은 곳으로 내려온다. 그럴 때마다 구부러진 나이가 퉁퉁 부어오른다.

뿔로 왕좌를 차지하지만 뿔을 물려주지는 않는다. 무리의 전체 나이테를 거느리는 뿔. 깎아지른 절벽처럼 두각은 오랜 숲의 신처럼 관모를 닮았다. 협곡 같은 관절을 갖는다. 돌아오는 나이테가 몸과 닿을 때 메아리는 뿔로 몰려가고 협곡이 울린다. 깎아지른 장지가 있다.

절벽에서 굴러 떨어진 바위처럼 죽음은 실수의 방식이다. 절벽은 가끔 되돌아오는 메아리 소리를 줄여 돌려보내듯 울부짖음도 없는 죽음을 보관하고 있다.

그늘이 말을 걸다

아버지는 오랫동안 그늘을 접고 다녔다.
마을엔 솔씨가 날아들었고
푸른 깃털 같았다.

목질단면이 이 산 저 산을 옮겨 다녔다
바람은 한 나무에서 오래 흔들리지 않는다
아버지는 남녘에서 서쪽의 창을 다는 목수
첨아에 기대어 사는 것들,
계절 없이는 집을 짓지 못한다.

머지않아 완성될 중창불사,
기슭의 접착력으로 터를 다지고 높은 보에 휘는 방향으로 서까래
를 맞춘다.
추운 바람으로 기와를 얹고
제비는 빨랫줄에 앉아
흔들릴 것 다 흔들린 다음에야 집으로 들어갔다.
아버지의 탁란은 늘 곯아 있었다.
그리고, 나무의 기둥이 침엽수에서 활엽수로 옮겨지는 때
연필 물고 높은 외줄 타듯

먹통에서 안목치수를 표시했다.

나무문을 지난다.
얇은 바람이 깔린 마루에 눕는다.
앞가슴에 꽃살문 새겨 넣듯
그 문 삐걱거리는 소리인 듯 붉은 깃털 떨어져 날아다닌다.
침엽의 그늘이 말을 건다.

킬리만자로의 표범

외따로 떨어진 봉우리
아무색도 없는 구름과 바다와 얼음의 산.
흰 눈을 따라다니는 유일한 무늬, 말라죽은 사체처럼 만년설
의 겁먹은 눈알이 얼어 있다.

만년설 속에는 표범의 눈이 있다.

아래는 절대 보지 않겠다는 눈,
맑은 날 구름 속에서 눈을 뜨는 햇빛.
설산의 북벽 어디쯤 눈 녹을 때 제일 먼저 눈알이 녹는다.
눈물은 오래 전에 아주 먼 곳의 낮은 곳으로 흘렀다.

숨을 쉴 때 나뭇가지를 톱으로 자르는 듯 거친 소리를 내기
도 했다.
귀는 달처럼 둥글었고 짧은 다리는 벼랑 끝에 피는 꽃잎을
닮았다.

눈 쌓인 설산의 햇살 같은 꼬리는 길었다.
발자국은 쉽게 녹지 않은 눈만 골라 다니고 산을 돌아나가는

태양을 눈알로 넣고 다녔다.

　달의 표면 같은 배.
　지상의 가장 높은 곳에 제 눈알을 묻어 놓고 잠든 표범.

　눈 아래 선처럼 말할 수 없는 비애의 그림자가 밀려와 눈 언
저리가 뜨거워졌다.
　눈 무더기는 적도의 햇살 받아 반짝거렸고
　눈이 부셔 녹았다 얼었다를 반복하고 있다.

납작집

집들이 늙어가는 것을 보았다면 한 번쯤 그 집의 문을 열어
보았던 기억이 있을 것이다.

계단 올라가는 것은 숨차고 내려가는 것은 위태롭다
골목의 평지, 내리막을 허리에 얹고 노인들이 걸어간다.
저 풍경에서 담 벽은
유용한 지팡이가 되기도 한다.

늙은 문에 자물통 하나 달려 있는 집, 꽉 닫혀 있어도 공기가
빠지는 집
아무 까닭 없이 그대로 무릎 닳아버린 벽과 창문이
붕 뜬 시절도 없이 주저앉았다.
집도 때로는 세월을 밀어내거나 끌어당기면서 이동한다.
납작집의 뼈는 목질인 듯 벌레들이 꼼지락거리며 기어 나온
다.
아래턱이 있었다면 아마도 주름진 양철 처마였을 것이다.

뒤틀린 문은 뒤틀린 벽을 지키고 있다.
나가거나 들어올 때 휘어져버린 몸엔 잔병이 많다.

지붕의 경사는 모두 지붕 위로 올라가고
한쪽으로 자꾸 공기가 샌다.
이따금 발걸음 뗄 때마다 가슴에 손을 얹으면
창틈으로 키 낮은 이마들이 덜컥이며 쌓이고
문을 열고 숨찬 외부가 천천히 안착되는 내부들
무릎 관절처럼 삐걱대는 소리가 잡히는 라디오가 혼자 떠들
고 있다.

그래도 높은 곳이라고 지붕에서 녹슨 빗물이 마당으로 떨어
지고 있다.
예전보다 한층 짧아진 소리
움푹 파인 빗물이 넘치듯 튀어나온다.

두실와옥

기말고사가 마무리되는 담벼락 두실와옥 전단지로 슬리퍼들
이 몰린다.

지금 이사바람이 불고 있고

이 바람은 새로운 종류의 바람으로 기상청에 등재될 것이다.

대부분의 종착지는 소멸의 근거지다.

가입신청서에 기숙으로 붙어있는 민달팽이들

침대 하나에 작은 접이식 책상과 컴퓨터 나란히 앉으면 부딪
치는 어깨는 이방의 수족이다. 옵션의 기물들이 당당하고 사람
은 기생한다. 공부할수록 가난해지고 가난할수록 공부할 수 없
는 주식회사의 그늘.

최초로 집을 갖지만 내 집이 아닌 집. 배운 것들은 다 좁은
것들 뿐이고 악천후의 얼굴들이 해뜰 날을 찾아다니는 기숙.
작은 개천 옆에 흐르는 반지하 손가락만한 벌레가 돌아다녔다
문고판 책으로 후려쳐도 잘 죽지 않았던 등록금은 사전류나 양
장본으로 때려야 겨우 잡을 수 있었다. 훗날은 흔적화석으로
남을까?

월세에 대한 무용담은 이어졌다

해가 떠도 아침인지 밤인지 구분할 수 없고 빨래는 언제부터
방에서 마르는 존재였다.

창문엔 지상을 걸어가는 발자국 무늬가

커튼처럼 붙어 있었다.

얇은 벽은 여기저기 뚫려 취업 문턱의 전화 소릴 여과 없이
흘려보냈다.

유월이 지척인 오월 하순의 밤이

난로를 피워야 할 만큼 싸늘하다.

제 몸에 있었던 패각이 퇴화된 채 옮겨 다니는 괄태충

텐트 밖에는 입주표를 품은 반달이 뜨고

개구리 울음소리가 간간이 농성처럼 들리기도 한다.

빗물받이 공사

뜨거운 양철지붕처럼 응찰할리 없는 우기의 낙찰
빗물받이 공사를 했다.
바짝 말랐던 페인트들이 건기의 굴곡을 타고
몇 겹씩 낙수통으로 뛰어내렸다.

모자를 쓰고 일어서 굽은 허리로 납땜을 한다.
빗물같이 파란 불꽃이 사방으로 튄다.
손놀림이 장마가 오기 전의 기울기를 따라간다.

건기의 바람으로 마름질하고
떠다니는 구름으로 예정가격을 흥정한다.
울퉁불퉁한 기초가격은 수평을 내는 데 필수
기후로 견적을 산출하거나
빗물의 양과 소리의 두께로 쟀다.

바람이 몹시 불 때 날아가는 경우를 대비해
박공 부위에 못이나 볼트로 고정시킨다.
미리 만들어 놓은 덧집 짓기처럼 금 긋기 바늘로
전개도처럼 눅눅한 물기 받치는 처마 그린다.

때때로 높은 위치에서 두들기는 소리 심하고 시끄럽다.
빗물을 한 곳으로 모으는 우수관처럼
문득 안도의 느낌을 받는 건
경사가 소리로 역류하지 않고
차분히 흘러갈 수 있는 배수관의식 때문
녹이 슨다는 것은 빗물이 지나간 흔적일 터이고
비를 피하는 집을 갖는 것도 물매, 이를테면 그 모자의 힘일
것이다.

오늘도 그는 납이나 황동 등을 녹여 붙이고
연삭기로 갈아 지문 없애듯 표면을 수정한다.

테트리스 41단계

허물어지고 다시 쌓이는 도시를 본다. 인부들이 산더미처럼 쌓인 벽돌더미 트럭에 싣고 있다.

누군가 테트리스 게임을 한다.

바람 불 때마다 창문 덜컥이듯 블럭이 입방적처럼 일렬로 세워졌다. 돌의 구조는 구획 정연했고 크기도 똑같다. 트럭이 네모꼴로 공돌쌓기처럼 내려오고 높이 쳐들린 지붕 위로 햇빛이 내려온다. 속도는 갈수록 빨라지고 이형벽돌처럼 상하지 않는 벽돌 골라낸다.

목전에 다다른 말들이 높이 더해가듯 더 이상 쌓을 수 없는 돌출들. 쉬지 않고 벽돌 올리자 담은 점점 높이 쌓여 간다. 빈 틈 메우려 시공줄눈 같은 감탄사들이 사춤 된다.

오늘은 여섯 장의 벽돌 내려왔다.
반지하 내려가는 몇 칸
블럭 모양을 바꿀 때 L자는 안구돌출처럼 몸 무겁다.
꿰어 맞추다 자칫 어긋나고 밑에 쌓였던 것들이 우르르 무너지기도 한다.

이날 사고는 차가 집 난간을 들이받았다.
벌집 쑤셔놓듯 사고 현장에서 부서진 트럭은 견인차가 끌고
갔다.
성한 곳 거의 없는 벽돌의 산
아이는 일어서서 무너진 집터 들여다본다.

가장 낮은 곳에 쌓였던 이삿짐이
다시 공중으로 쌓인다.
그날 밤 도형에도 없는 모양으로 달빛이 내려왔다.
참 어렵게도 이 단계까지 왔다.

제비

그는 떠나고 다시 오지 않았다.

주섬주섬 박토된 터전 챙겨 출입국 문을 나설 때 비상을 꿈꿨던 그는 알았을 것이다.

두 집 살림하는 그, 본시 여럿을 거느리는 습성이 있어 매몰차게 뿌리치기 난감했을 것이다.

유년의 추녀 밑에 기식하며 지푸라기나 나뭇가지로 집을 짓기 시작한 것은 일생을 걸고 하던 약속이었다.

그의 부리는 톱, 먹줄, 줄자, 대패, 망치였다.

발을 헛디뎌 사닥다리마저 부서지고 날갯죽지 가슴에 묻길 부지기수. 입 벌려 먼 이역 타향살이의 고달픔을 빨랫줄에 앉아 토해냈다.

만약 그 때, 챙에 드리워진 가계가 허물어지지 않았어도 귀소본능을 알고 있는 그, 여기에 붙박이로 안주했을까?

언제나 떠날 것에 준비되어 있는 외줄타기, 제 집 찾아나서
는 염치없는 추억들

　하늘에 실금처럼 줄이 그어졌다.

배우들

가까이 다가가기 위하여 내부는 과거에 온 것처럼 꾸며놓고
한꺼번에 등장해야 하는 스탠드 인, 즐비하게 늘어서 있는

공장굴뚝이 검은 연기 토하듯 차량 한 대가 연기 내뿜으며
달려간다.

옛 이름과 얼굴은 잊고 다른 이름으로 부르기로
청중 A이거나
청중 B거나
아니면 관객 a거나 b로 불렸을

눈만 보이는 마스크들
감춰진 얼굴 속에 토막 난
이것은 한편의 즉흥극이네.

숨겨야만 진실을 밝힐 수 있다는 듯이
가릴 것 많아진 세상
미리 웃거나 화내거나 슬픈 얼굴들
한 꺼풀 벗어버리면 옛 표정 나올까?

갈수록 진화되는 큰 눈과 벌어진 입, 시대의 유적 같은 기쁨과 아픔이 지나갔다.

　살아있네, 살아있어
　가깝고도 먼 동작들, 영원한 피난처
　나는 변장술에 능했나요?
　마스크효과처럼 착용하는 순간 흐름을 바꿔 덮어버리는 광대놀음 같은 소리들

　어디선가 죽은 이의 모습처럼 사람들의 외치는 소리가 들린다.

　시선을 과도히 의식한 기록은 지금 여기로 재현된다.
　연기의 폭 넓히듯
　벌써 시커먼 연기가 새벽하늘로 무럭무럭 치솟았다.

문 앞에 서다

누구든 대문 앞에 서면 잠깐의 타인이 된다.
그것은 문의 취향일 수도 있다.
문이 열리기를 기다리는 바깥의 타인
인터폰 안에 살고 있는 순간의 타인들이 바라보는 얇은 암전
기척이 살고 있는 목소리의 방식

마음대로 상대를 선택하는 것 같지만 우리는 찬 바람일 수
있고 배달된 음식일 수 있고 적의를 품은 의심일 수도 있다.

빈집을 바라본다.
바람이 창에 스미면 모든 경계가 닫히고
충혈된 눈알처럼 창문에 바람이 매달린다.
누군가 집의 창문 앞에 와서 손톱으로 유리를 긁는다.

창문은 잠시 놓인 시간이기도 하지만 이쪽에 없는 영원한 공
간, 생을 의심하며 귀를 대본다.
뚜껑을 따듯 눈을 치켜뜨거나 소리의 무게로 귀를 종긋 대거
나 스치는 후각으로 코를 벌름거리고 입을 벌리면 열리는 것인
가?

수세기를 걸쳐 허공에 서 있다 라는 말은 문을 흔들고 있다는 말이다.

몸은 육체를 벗어날 수 없다는 듯이 스스로의 내부에 방을 만들고 시간 속으로 침몰해 가는지 귀는 자물통 되어 안에 갇히고 스스로 빗장을 걸기도 하는 것이다.

집처럼 낡아가는, 단순한 평면인 우리는 모두 타인
문을 열자 한곳을 바라보던 눈동자는 바로 침몰하는 어둠처럼 흩어져 날아간다.

벽의 감정

벽의 감정은 서 있다.

누군가 벽을 칠 때 세워놓은 감정은 대답을 한다. 아니, 대부분이 누워 있는 방식으로 대답하겠지만 잘 찾아보면 창문과 비상등과 풍경은 닫혀 있다. 그러므로 어떤 감정에 상관없이 꽉 막힌 대답만이 돌아온다. 또는 부유하는 곰팡이처럼 기하급수적으로 버틴다.

전체를 보는 방법과 가장 작은 디테일을 경험하는 방식이 다르지 않듯 벽의 성격은 같다. 거실로, 때로는 스터디 룸으로, 때로는 오피스 룸으로 감정은 달라지고 있는 것 같지만 모두서 있는 것은 같다.

4배 이상의 면적을 차지한, 일어서거나 앉기도 하는 토대 위에 각을 따라 서 있다. 수평과 교차하여 둥글게 커져간 면과 점들 바닥에 접한 입체방식이고 배열의 방식에 대한 차이다. 오랫동안 그 패턴을 고수했다.

조화는 질적 팽창보다 양적 향상으로 전환해야 했다. 올곧은

천성이 외부로 나올 때 이것은 기둥의 형식, 수직의 감정이다. 하나의 기호로서 존중받으며 자유에 영혼을 부여하는 것 따위.

   눅눅하게 스민 습기처럼 동선을 이끄는 다양한 역할이다. 전체가 자연스럽다는 것은 결코 흔들리지 않는 고집은 아니라는 듯 내풍압에 자유롭고 입면 분할을 동시에 이루는 탁 트인 조망처럼

   숨어 있던 감정이 공중으로 날아다닌다.

귀가

불안한 바늘코가 빠지고 걸린다.
서로 연결되어 하나에 의지하는 사슬코처럼
올 사이사이로 대나무 바늘 찔러 넣는다.
무늬 삐뚤어 풀어내듯 감긴 줄 끊긴다.
실선도 따라 자리 털고 일어서는 사람들
제자리 뜨기처럼 항의 빗발치고
막차의 시간은 단 한대가 남아 있다.
숭숭 뚫린 몸으로 눈치가 쏟아져 나온다.
새벽까지 이어질 행렬은 긴뜨기를 방불케 했다.
줄인코로 딴곳증처럼 동글게 오므렸다.

몇 개의 바늘코를 잡고 늦은 귀가를 한다.
몸 속 올 풀린 내용물들이 엉켜 있다.
묶어뜨기처럼 택시들이 줄지어 시외로 빠져나간다.
양방향 교차뜨기는 첫차였다.
비릿한 술 냄새와 시어진 땀 냄새 내장한 버스 속
내장 역위증처럼 울컥거린다.

서로의 체온으로 몸 녹여주듯

길 걸어 되돌아뜨기는 솜처럼 무거웠다.
지친 몸 기대앉은 채 눈감았다.
몸에서 특유의 섬유체취가 발산되고 있다.

얼기설기 가설해 놓은 계단처럼
이어뜨기는 매우 가파르고 휘청거렸다.
뜨다 만 식구들은 잠들어 있을 것이다.

허름한 졸음

손 글씨 간판이 갓 이발을 끝낸 듯 단출하다. 일 년 열두 달
닦지 않는 낡은 거울, 깨진 하얀 타일. 한쪽 끝이 움푹 팬 양철
물뿌리개, 나일론 빨랫줄에 걸린 하얀 수건 열댓 장

의자에 걸터앉아 시퍼런 면도칼을 든 이발사 앞에 몸 눕히고
스르르 빠져드는 잠. 덜덜거리며 잘도 돌아가던 선풍기 소리,
이따금 바리캉으로 장발을 사정없이 밀어붙이던 삶이 그대를
속일지라도 슬퍼하거나 노여워 말자던 때가 있었다.

폭포 그림 하나 덜렁 걸려 있고 행여 차례를 기다리던 만화
책 서너 권 널빤지 의자에 고무줄로 묶여 있다. 몽롱한 졸음이
짧게 잘려나가고 한쪽으로 쏠리는 고개를 돌려 깎아도 쉽게 깨
지 않는 단잠.

들어갈 때와 나올 때 머리가 다르듯 반듯한 가르마와 조금
전의 더부룩한 머리의 사내를 찾는 단정한 사내. 그 옛날 아버
지라 부르던 사내인 듯하고 회초리로 손바닥을 때리던 사내인
듯한, 잠깐 몽롱한 단잠에 깬 것뿐인데 검은 머리 사내는 어디
로 갔을까?

흰머리의 사내. 삶을 속이는 저 거울 속을 마주보며 살았다. 체념의 방향으로 돌아서서 잠깐 꿈결에 들었던 값을 치른다.

검은머리에 흰머리 떨어져 헝클어진 이제는 아무 쓸모없는 머리카락들이지만 지긋하게 흩어진 세월을 쓸어 모으는 이발사. 파리는 윙윙거리며 어떤 공간을 날고 있는가? 가위는 오후의 한때를 잘게 조각내고 있다.

2부

매미

더듬더듬
발성연습을 시작하는 무명가수,
검고 기미 낀 얼굴 거울 앞에 비쳐 본다
눈빛에 외면당하지 않으면 모르리
속앓이 심한 날은 박피를 한다
한 거죽 벗겨내니 연한 살결 뽀얗다
몇 개 되지 않은 가재도구
양은냄비에 불어터진 라면이 퉁퉁 부풀수록
채울 수 없는 산란의 기억
층층나무에 매달린 고치처럼 야물었다
아무도 알아주지 않는 날들
몇 년을 버텼을까
옷을 벗어던지듯 변태를 꿈꾼다
무대에 오르기 위해
발음막이 터지도록 연습 중이다
어둠의 긴 창을 열면
목청껏 그녀의 노래를 부를 수 있을까
막이 오르고 허물 벗는 여자
날갯짓하며 움츠린 고개 든다
더듬이가 떨려왔다

두 곳의 국경

두 갈래로 틀어놓은 철조망이 산허리를 휘감고 돌았다.
언저리 나무들이 흐느적거렸다.

콩 뿌리의 혹은 뿌리박테리아에 의하여 생긴다.
한 개의 꼬투리 속에 콩 세 알 나란히 들어 있다
비가 촉촉이 내리자 땅거죽 뚫고 콩이 불쑥 고개 내밀었다.
콩꼬투리에서 탈각되듯 파란 콩이 쏙 빠져나갔다.

두 개의 국경이 있는 팔자의 하나
넘어야 할 장벽 무수히 가로놓여 있듯 마음 바닥에서 뿜어대는 찬바람, 지리적 격리처럼 숲 밖의 말을 하고 어미는 숲 안의 말을 한다.

모이는 것과 흩어지는 것은 바람에 날아가는 콩깍지처럼 누구의 뜻 아니다.
수많은 의혹 속에 묻힐 뻔했던 그 사건은 가족들의 강력한 문제제기로 재조사되었다.
국제사법은 결정문에서 준거법을 양친의 본국법으로 단일화한다고 밝혔다.

약간 자리 두고 멀뚱히 바라보는 가족들

말없이 수저만 덜거덕거렸다.

콩꼬투리만한 갓난아기 하나로 방안은 위기감 감돌고

산 계곡 아래 밤 열차의 기적소리가 아이 부르는 메아리처럼
아주 가늘게 들려왔다.

등지고 산지 이미 오래인 전산들

핏줄 아련하게 느껴지듯 비행장 주위에는 위장처럼 겹겹 울타
리 쳐 있다.

커피 존

수만 개의 컵을 준비하고 바리스타들은
추출되는 침전물에 대해 고개를 이리저리 흔들며 맛을 음미
했다.
맞은편에서
하루에도 몇 개씩 늘어나는 질문처럼
철거를 시작하는 건물 내부를 들여다본다.

날씨는 거품을 입에 묻히는 라떼처럼 구름 떠있고 평년 기온
이다.

아직 특유의 미소를 잃지 않고
까맣거나 희거나 누런 얼굴들이 지나간다.
몇 차례 뜨거운 입김처럼 토론들은 오고가고
어떤 기다림인지도 모르고 앉아 한 컵 물을 마신다.

전문가가 되기를 기다리는
하지만 중독된 줄도 모르는 사람들
누구라도 앉아 기다리면 될까?
지구 반대편에도 있고

아프리카에도 있고
길거리 어디서든 매일매일 줄이 늘어난다.
거리를 메운 것은 과적된 차량만이 아니다.
이미 속도로 제압한 점령군처럼
거리 전체를 물들이는 간판들

몸 속으로 쌓여가는 시간들이 먼지처럼 도시 전체로 퍼져가
고 있다.
커피 찌꺼기들이 거리에 잔뜩 깔려 있다.

떠도는 지붕

바람으로 벽을 세운다.
해와 달을 훈제하는 뾰족한 꼭대기에는 바람의 뚜껑이 있다.
날씨 사이 계절이 끼여 있는 벌판에
조립식 숨구멍을 튼다.
이것을 바람의 집이라 부르고 싶었다.

예각이 없는 벽,
구겨진 바람을 펴 문을 만든다.
환기창으로 들어온 햇살은 시침만 있는 시간이 되고
불의 씨앗을 들여놓으면 집이 된다.
집에서 흔들리는 것은 연기뿐이라는 듯
발굽이 있는 흰 연기들이 꾸물꾸물 날아오른다.

한 그루 귀한 자작나무, 벌판의 한 가운데 서서 시계로 운영되
고 있다. 푸른 지붕은 바람의 영역이다. 반짝거리는 초침이 다
날아가도 재깍 재깍 부속품들만 돈다. 흐린 날에는 시간도 쉰
다.

빈 집을 알리는 표시가 열려 있다.

정착하는 곳마다 그 곳의 시간은 따로 있다.
자작나무에 붙은 시간이 다 떨어지면 지붕을 걷고
게르! 하고 부를 때마다 게으른 잠이 눈에 든다.
바삭거리는 시간들이 날아간다.
집은 버리고 벽만 둘둘 말아 트럭에 싣는다.
떠도는 것은 지붕뿐이다.

물고기 발성법

헛배를 부풀려 제 몸을 지키는 어종엔 독특한 발성법이 있다

또는 어떤 공포가 배를 부풀리게 했을 것이다
단음의 공명이 목을 넘어오는 모양은
돌로 눌러도 부풀어 오른 소리는 줄어들지 않는다
목이 없는 성대, 한가득 공기를 집어넣고
복식호흡 같은 발성으로 제 독을 지키는 복어

높은음자리 같이 큰 눈 덩치에 비해 턱없이 작은 새의 부리
와 같은 주둥이 바위 밑에 붙어 있는 패각을 부서 먹는 단단한
이빨, 잘룩한 위, 나뉜 등배 부분이 배음이 되고 비늘 없이 퇴
화된 복기, 피부는 때때로 두껍고 단단한 혼변조다

물속을 둥둥 떠 다니는 듯한 배부른 종
귀가 없어 제 소리를 듣지 못하는 농어다

배 쪽 부분은 울림판처럼 부풀릴 수 있는 팽창낭이 달라붙어
있다 가슴 밑바닥까지 뱃가죽은 공기층을 가져 떨림의 강도를
느낄 수 있다 활처럼 구부러진 작은 가지 같은 꼬리지느러미의

굴근도 진폭공명이다

　전문가가 아니라면 함부로 팽팽해진 뱃가죽을 두드리며 고
래고래 소리를 높이지 말 것. 그리하여 목을 물로 씻어 내도
풀리지 않는 치명적 오류를 범하지 말 것.

　접시의 흰 속살 가늘게 떨리며 쌓여가듯 높은 음을 내기 위
해 등에 기린 표범 같은 얼룩이나 털 무늬로 채색해 왔다는 것
을 알았다

통조림

왜, 그녀의 삶은 고층에서 뛰어내려졌을까

모든 일은 순식간에 이루어졌다
그녀는 포장대에 올려지기도 전
'좋으면 고르고 싫으면 고르지 않을 여자들 중에 함께 서 있
던 사람'
수입된 상품을 고르듯
낯선 사내의 손에 이끌려
결혼계약서에 도장을 찍었다

고향땅에 두고 온 부모형제의 이력이
검색대에 올라 신상명세서로 투시되는 동안
젖은 구름 내다 말릴 부푼 꿈은
밀반입된 바코드의 비망록처럼 새겨졌다

몸부터 쑤셔대는 한기도 곰팡이처럼 퍼져 가는 흐느낌도 분
명하게 발음할 수 없는 모음처럼 맴돌아요 언제부터 생겼는지
모를 면역성은 독한 향신료처럼 눅눅한 콧속으로 번져요

어딘가에 부딪쳐 찌그러진 캔처럼
뚜껑을 따자 곪아 터진 멍들이 쏟아졌다

저녁의 키스[*]

지붕은 구름이 토해 놓은 문장을 세밀히 묘사한다.

한 차례의 소나기가 울컥 지나갈 때
창가로 다가가 희뿌옇게 김이 서리는
유리창에 손가락으로 그림을 그렸다.

시야에서 지워져 가는 형상들
하늘은 온통 파랗고, 또한 노랗다.
창문을 열면 붉은 저녁의 밑그림이 퍼졌다.

이윽고 자신의 내면을 밝히는 등불이 켜질 때
땅의 모공은 열린다.
책상 위에 비스듬한 지구본을 돌리며
속눈썹의 물기를 털었다.

하늘은 구름을 파삭하게 튀겼다가
노릇노릇하게 널어 말리고
지상으로 떨어뜨린다는 것을
이식된 불덩이를 내뿜을 때

시간의 간격은 비좁아서
우리는 가까웠지만
한없이 멀어질 수 있다는 것을 안다.

저녁이 구름을 통과할 때 핏빛 선연한 달을 물고
우물우물 먹고 있는 입술에 대해
천천히 스미면서 위로 달라붙는 씁쓸한 말들,
그래서 지붕은 코끝 찡해지면서 붉어지는 것일까?

지붕은 하늘의 화폭이라는 사실과
구름이 거울을 비추고 있는 것을 본다.
그리하여
저녁은 깜깜하기도 하다가 밝아오기도 하는 것이다.

* 키스: 구스타프 클림트의 그림

말라가는 짐승

비 그친 후, 여기저기 몸 움푹 패어
달리지 못하고 주저앉은 물웅덩이를 들여다보면
얇은 주름살 몇 개와 수면은 물구나무로 밑바닥을 드러낸다.
우기를 살다가는 짐승들
퇴화된 배, 잡식을 선호하는 식성에
다족류들만 둥둥 떠 있다.
투명한 턱과 이빨을 감추고 빗줄기로 떨어지던 털들은
다 날아가고 없다.

겹눈은 풍향계처럼 바람이 불어오는 쪽으로 열어둔다.
누군가 돌을 던지면 화들짝 달아나는 중심
우화를 기다리는 성충들처럼
물가를 떠나 물가로 뒤돌아오는 습성이 있다.

바닥의 굴곡이 덫을 놓았나,
수면에서부터 서서히 감기는 눈망울
우기의 숲을 돌아온 짐승이 꼬리를 털듯
비의 털가죽이 누워 있는 걸 본다.

날아가는 것들을 수렴하거나 거느려 잡아 두지 않는걸 보면
무지한 짐승들의 계통은 아닌 것 같다.

입맛이 삼켰던 비닐봉지와 물의 계절에 지는 잎
온통 귀를 열어놓고 앉았다 날아간 잠자리들이
불빛이 수면처럼 퍼져가는 저녁 공중을 빙빙 맴돌고 있다.
곧 폭염이 올 것이고
물 냄새나는 짐승들의 이동이 시작될 것이다.

오리, 음악을 들으며

잘록한 허리, 엉덩이를 뒤로 쭉 빼고 굽이 높은 신발을 벗어 던집니다. 투명한 물에 살기위해 전략이 필요합니다.

국적의 문양을 넣은 무늬들이 차례로 입수합니다.

물속에서 귀를 막고도 음악을 들을 수 있는 감각 기관이 있습니다.
몸에 리듬을 새겨 넣습니다.
기형의 무늬들이 모였다 흩어집니다.
이 때 팔과 다리는 물고기 지느러미를 닮습니다.
물속을 박차고 오르는 흰 거품을 닮습니다.

목을 길게 내밀고 자맥질을 합니다.
부리 박고 꼬리깃털을 쳐들어야만 땅속 구멍이나 나무 구멍에 알을 낳을 수 있나요?
기후에 따라 불규칙적으로 이동합니다.

잠수 정도에 따라 유영법을 달리하는 종들, 유금의 물갈퀴를 신은 잠수부처럼 기낭은 뼛속까지 비워 공기호흡도 다릅니다.

아가미로 수중호흡을 하듯

두 곳에서 살기에 폐활량이 큽니다.

물을 놀이터로 정한 이상한 족속입니다.

찬찬이 살펴보면 몸 여기저기에 비늘이 돋아나 있을 것 같습니다.

한 곡의 음악이 끝나면 물 밖으로 걸어 나오는

무음의 이어폰을 빼내며 발꿈치 들고 사뿐 걷는 오리들.

욕조

철거하기로 한 건 팔 걸치고 누웠던 침대가 탯줄이라도 되는
양 배수구로 녹물을 질질 흘릴 때였다

목이 뾰족하게 파인 셔츠와 둥글게 파인 셔츠 만진다 둘 중
하나가 아니라 둘 다 착착 접히거나 개켜 있다

들쑥날쑥한 발톱을 가진 타일들, 건드리면 쏟아질 듯 배부르
고 들떠 있다

언제 아기를 낳았니
무수한 아이들은 태어나서 자라고

편안한 휴식처럼 웅크린 기물들은 푹 담가 가득 채운다

살갗이 벗겨질 때까지 상아빛 통 속에 들어앉아 절벅절벅 기
름 때로 얼룩진 몸을 비누거품 버글버글하게 닦는다

밖으로 넘쳐 뼈와 살이 녹는 부패한 시간들, 전혀 다른 부유
물처럼 투명한 피가 떠다니는 환영을 본다

사방으로 물방울 튕기듯이 붉게 피어났던 저녁들이 수챗구멍으로 빠져 나간다

편백나무 벽에 자신의 몸을 비쳐 보는 밤, 거울 보듯 아이와 나눈 말들이 떠오른다

물을 쭉 빼고 잘라 내야 하는,

수건을 말아 쥐었던 남자는 뭐가 부끄러운지 첨벙첨벙 걸어가 반달 같은 통을 망치로 잘게 부수기 시작했다

가방

사체가 발견되었다.

그리고 신원처럼 가방이 발견되었다. 생몰연대가 들어 있는 무거운 입 표피와 몸체 사이 분말법으로 바람이 있었다. 질긴 식도와 튼튼한 위장 가늘고 긴 주둥이를 열지 않겠다는 단호함 감식반이 내용물들을 살폈다. 그 누구도 저렇게 소중하게 다뤄 준 적이 있었을까?

우두커니 먼 창밖을 보듯 누워 있는 가방 때론 명백한 사인 옆엔 오리무중의 이유가 있다. 오래 넣고 다닌 듯한 냄새가 쏟아져 나오고 손수건을 꺼내고 눈살을 찌푸렸다.

추위와 공포로부터 가죽이 필요했다. 비늘판 같이 딱딱한 가죽. 먹어야 산다는 명제는 지금 희비의 극점을 재고 있다. 열려진 입에서 결박에서 풀리듯 화장품과 거울 등 결정적 단서가 될 행적이 위액처럼 쏟아져 나왔다.

단단한 턱과 이빨을 치명적으로 신뢰한, 속을 다 열어젖힌 내시경처럼 상품 번호와 로고가 찍혀 있는 수색 작업도 병행했다. 집요한 탐구가 시작되고 있었다.

날아다니는 자전거

앞바퀴와 뒷바퀴 사이엔 뾰족한 소리들이 살았다 삼각형, 더 긴 삼각형이 페달을 밟을 때마다 삐걱삐걱 일그러지다가 그려지곤 했다 종소리 따르릉거리며 지나가는 비포장길, 갑자기 쿵 하는 소리에 나가보면 넘어져 있는 자전거가 훔쳐 가지 못하게 나무에 묶여 있었다 인도와 차도 넘나들며 곡예하듯 엉덩이 씰룩거리며 오르내렸던 언덕길, 무료했던 나는 동네를 뱅뱅 도는 것으로 입문을 마쳤다 얼굴에 불안이 조금씩 축적되고 착시로 보였던 바퀴들은 눈알처럼 돌아가다 깜빡거렸다 탱탱하던 근육들이 한눈파는 사이 바람 빠지듯 물렁거렸다 옆에서 보면 외짝처럼 비상식적이기도 해 절반은 왼쪽으로 절반은 오른쪽으로 굴러 가는 눈의 초점을 따라가거나 끌어당기면 먼저 살았거나 살다간 시선이 분리되지 못한 둥근 안경테에 갇혔다 은빛 깃털 같은 접이식 굴렁쇠는 온음처럼 달달 굴러간다 발판을 밟으면 아무리 긴 밤이라도 새벽을 막지는 못하는* 지금은 처음의 시간, 애초부터 두 개 이상의 것이 하나같이 울려 나왔다

* Macbeth 제4막 3장

리본의 형식

준비한 원단을 재단하는 일은 날씨에게 맡겨 둔다.

주름을 잡기 위해 험한 말을 섞는다.

한쪽 끝을 약간 들어 산모양이 되도록 하고 입술을 본떠 마무리 접기를 한다.

깔끔한 바람, 이때 꽃들은

운동화 모양으로 뛰어갈 준비를 한다.

기본접기부터 이중묶기 나뭇잎이나 장미꽃 등 트위스트 크로스 팔자로 공중을 묶는다.

리본을 단다.

저 공중리본은 음각의 무늬나 문자로 도표 되는 울음 구조를 가졌다. 직사각 또는 나비 형상 백색 원형 꽃에 흑색 꽃이 부착 진열될 때 사람들은 입가에 울음을 머금고 달려와 무릎을 꿇었다가 폈다.

내부를 향해 서서히 말리는 꽃들

시들지도 않고 끌고 온 길을 접는다.

주말을 순회하는 리본들
풀리지 않게 철사로 적당한 계절을
묶거나 접으며 반복 연습한다.

날씨상에 적층되는 접착력에 의해 전면의 문양 층은 일정 부
분 부피를 갖고 있다.
이를테면 배면을 형성하는 종이,
축하의 방식처럼 메시지 전달을 위해
봄은 묶고 상자는 열어 둔다.

스스로 묶였던 매듭처럼 꽃은 저절로 풀려 날아간다.
씨앗이 떨어지면 공중은 한동안 헐렁해진다.

물고기의 귀에 관한 몇 가지 소문

진화는 힘이 아니다 라고 음각되어 있는 돌을 본적 있다.

그 돌은 반쯤 물속에 잠겨 있고 근처의 물고기들은 모두 그 돌로 귀를 삼는다는 소문을 들었다.

힘은 크기와 방향을 가지고 있지만 진화는 목적이 없고 목표가 없으며 방향이 없다.

이건 물고기의 절대음감에 관한 이야기

물속에서 포식자로 살기 위해서는 프로펠러 닮은 몇 개의 꽁무니가 있어야 한다. 푸른 은폐색을 빌려와 몸에 발라야 한다. 항상 불안을 공경해야 하고 물살의 온도를 공명판처럼 붙이고 다녀야 한다. 물속은, 돌들과 모래와 여울의 영역이다. 물의 유속을 뒤적거려 보면 물의 지느러미가 있듯 물고기의 길이 있다 이때 물고기들은 제 귀밑에 알을 슬어 놓는다.

바람은 흔한 악기가 되고 여름의 물맛으로 흐르는 어류의 수역권에 물때가 낀다. 물속에 물의 가지가 있다.

애초에 먼 조상으로부터 불안을 나눠 가진 적이 있고 천적의

소리를 해석하는 것으로 불안에 적응해 왔다는 소문 모든 소리
들은 들려오듯 귀는 소리를 먹고 자란다.

묘목

비루먹은 매실 묘목을 건네받아
어린 개를 묶어 놓듯 흙에다 묻는다.

묘목의 꼬리뼈가 짧다. 먼 훗날에는 바람에게 소리를 꺼내
놓을 것이다. 아직 잔뿌리에 들지 못하는 봄 묘목에게도 남쪽
이 있어 바람이 고삐를 당겼다 놨다 한다. 어린 가지들은 몸통
속으로 들고 묶였던 계절의 온도로 매실은 서서히 익어갈 것이
다.

쏟아지는 졸음이 한낮의 꿈을 부르고 마당 앞, 번견처럼 매
화나무가 자랐다. 낡은 바람도 함께 부푼다. 발근은 자연묘목
의 매듭을 푼다.

개는 몇 번의 계절을 빈 끈으로 지낼 것이다. 평생 구덩이를
떠나지 못할 매실나무, 흔들림이 없었다면 바싹 몸피가 말랐을
것이다.

개화 시기를 식물도감에서 뒤져 본다. 한쪽 기슭을 허무는
구름 봄비가 쏜살같이 지나가고 매화나무 밑으로 개의 털이 수

북하다.

 올해 버릴 꽃들을 다 버렸다는 듯 묶여 있던 줄이 풀어진다.
키 작은 매화나무 밑에 비루먹은 여름이 서성거린다.

3부

단풍

처음에는 얼굴이 화끈거렸다.
쿵쾅쿵쾅 가슴이 뛰기도 했다.
입이 마르고 몸에선
가문 날들의 흔적처럼
허연 각질이 끼기 시작했다.
아마, 그때였는지도
훅! 하고 불같은 바람이 휙 지나가버렸어.
뜨거움과 차가움의 차이를 알게 되었지.
가지의 혈맥들이 갈라져
내 살은 터져버린 것 같았다.
뼛속에 길을 막고 있는
그 무엇이 있다는 것을
가려움 같은 통증이 일기 시작했다.
까칠해진 얼굴은 푸석푸석 말랐다.
심호흡을 했다.
지독한 폐경을 앓고 있는 중

진열의 계절

진열의 세계에는
계절을 숭배하는 풍습이 있다.
쇼윈도 안에 뒷굽을 들고 서 있는 여자
한 번도 제 옷을 입어 본적이 없다.

사람들이 사라지면 불빛도 진열도 끝나는 시간, 아무리 서
있어도 저리지 않는 다리. 눈 감은 적 없는 얼굴과 치수가 맞
지 않는 눈뜨고 있는 꿈.

시간의 화석 같은 무언극에
막 의상이 바뀌고 있다.
갈아 입혀지는 계절에 정가표가 달린다.

유행이 지난 몸매들이 관절을 떠나고 있다.
주름 없는 얼굴과
봉제의 촉감들이 떠난 몸
몇 호로 불려지는, 순례이거나
여행객이었던 여자
사막의 모래 위에 곤히 누워 잠든 것처럼

어떤 값도 매겨지는 일이 없을 폐품의 안식에 든다.

자유로운 듯

관절들이 뿔뿔이 흩어져 간다.

적산

인간이 집을 고집하는 이유는 추운 몸 때문이다.
아무리 단속을 해도 새어나가는 몸의 열기
오래된 집은 창문만 바꾼다고 방음되지 않는다.
곡면유리처럼 불러진 배
한여름 뜨거운 싱크대처럼 소요됐던 재료들
부위별 일조량을 조사하고 햇볕의 품질을 누적하여 경비를
계산한다.

비고란에는 수령을 참조한 이름표들이 붙어 있다.
내부와 외부의 계단처럼 변동을 주는 건 바람
창은 창틀 안에서 소리를 차단하고 울기도 하고 제 울음을 듣
기도 한다.
바람이 열고 닫는 호흡법은
면밀한 검토로도 예측할 수 없다.

다 새어나가고 홀쭉해진 몸이 창밖을 본다.
건축용어사전에는 공사비를 예측하는 작업,
또는 가격에 중점은 소실에 그 의미를 두기도 한다.
따뜻한 시간 얼마를 산출하는지

빛은 창의 바깥 면에 붙은 한기를 데우는 온기로 집계반영
된다.

구름의 노임단가를 곱하고 지체보상금을 적용하는 설계도서
처럼 푸르렀다 붉어지는 시반들
실리콘처럼 서서히 굳어가는 몸
지상에서 가장 처음이자 늦게 도착하는 감각은 소리다.
멀리 오동나무 사이로 피어오르는
저녁 연기가 풀리듯 초점 잃은 눈동자
몸의 알 수 없는 틈으로 새어나가는 마지막 체온처럼
그녀의 궤적이 서서히 풀어졌다
아름다웠던 집은 이제 폐가가 된다.

시계꽃

붉은 노을 같은
해시계가 숨 턱턱 차오는
굵은 목 줄기 시간을 저울질 한다

긴 바늘과 야문 작은 바늘
둥근 틀에 톱니바퀴 꽃술이 태엽을 감는다
여기저기 손길 치켜들고
허공을 조각조각 나누고 있다

몸은 애초부터 짐작하고 있었을까
주기적으로 마음 할퀴고 갈 때마다
피눈물 뚝뚝 떨어지던 것
털어도 다 털어내지 못하고 달라붙는 것
울어도 다 마르지 않는 눈물 있는 것
꽃 진 자리마다 굽어져 있다

밑동에선 하나의 줄기였을지도 몰라
발 벌려 두 손을 마주잡고 있는 것처럼
둥글게 휘어진 등을 굽이굽이 돌다보면

나도 그곳에 닿을 수 있을까
주렁주렁 꽈리처럼 매달린 시간들
분침과 초침에 오므렸다 편 촉수가 재깍거린다

저울의 법칙

기울기가 있는 것엔 힘의 논리가 있다.
이리 저리 팽팽한 게임 같은 감정들
끌어당기거나 그대로 밀쳐 떨어지면
막막한 가운데 양팔 벌리는 무의식

한참이나 돌아간 눈금판 본다.

한쪽으로 올라갔다 내려갔다 시소같이 기울어진 이상한 가역
반응, 상승한도처럼 복원되지 않고 제자리 앉아 기다리라는 너
울성 파도 살핀다.

선입금처럼 꿀꺽 삼킨 양심에도 최대하중은 있어 너무 무거
운 하중 가하면 스프링 늘어나 다시는 줄어들지 않고 바늘은
움직이지 않는다는데

지침은 위치만 옮겨질 뿐, 어디를 가리키는지 요동은 무제한
실어 버린 화물로 선별할 수 없는 꿈처럼 흔들렸다.

조류가 바뀔 때마다 굳은 표정으로 이어지는 책임론도 바뀌

었다 안개정국 같은 내일의 날씨는 울컥 비린내가 났다. 중력
지렛대로 완전히 가라앉은 배를 들어올리라고 사람들은 균형
잃고 흥분했다.

　수천 명의 눈물이 뿌려졌고
　신비 벗기듯 바다 위에 간간이 떠 있는 고깃배들
　시체를 실어 떠나보냈다.

　누구도 슬픔이나 아픔 떠보지 않는다.
　중립평형처럼 미세하게 떨리는 날들
　올려놓을 수 없는 자책과 부끄러움이 천근 무게로 짓누른다.

벚나무 의상실

연중 단 네 벌의 옷을 위해
온몸 밖으로 뛰쳐나오는 저 단추들 좀 봐!
쌀쌀한 원단에 가위질 소리가 가로질러 가고
북향이 문을 활짝 열고
남향의 상표들이 붙은 바람을 진열한다.
질긴 섬유질 나이테를 위해
화르르 쏟아지는 기슭, 앞섶이 잠근다.

절기에서 절기를 재단하는 달력
비스듬한 소매와 흔들리는 나무 밑 음지
반경을 벗어난 곳에 돗자리가 펼쳐질 공터를 오려놓고
꽃샘추위로 미리 가봉하는 어린 벚나무들
날짜를 세듯 가지마다 휘어질 준비를 하고 있다.

낮은 조도 아래 텅 빈 앞섶
어느 온기가 묻은 손길이 보정하는 나무 속
고무줄 같이 휘어지는 꽃그늘 아래 화전놀이가 짧다.
잠잠한 다림질과 여러 겹의 나이가 접힌 올 봄
흩날리는 단추를 손으로 받는다.

향기 없는 꽃단추

바람도 날아갈 때가 있다는 것을 나무 아래에서 본다.
화르르 단추들이 떨어지고 갇혀 있던 봄이 튀어나온다.
점점 비어 갈 봄
삐져나온 실밥처럼 잎들이 무성해진다.
쇠락해가는 벚나무 의상실
품이 조금은 넉넉해야 할 것 같은 올해의 실 끝.

인어

그는 퇴화된 하반신을 끌고 어시장을 기어간다.

바닥에 서식하는 저어족의 후손처럼 혼잡한 수조와 수조 사이를 지나간다.

왁자한 물살을 헤치고

스티로폼 바구니 하나가 둥둥 떠간다.

수면 밖인 양 천막의 끝자락들이 펄럭대는 머리 위

언젠가 그에게도 걸음이 있었다는 듯

보폭이 흐릿하다.

낮 동안 부유하며 떠 있던 어망

몇 번의 방류에도

크게 줄어든 어획물

양쪽 난전을 지나 펼쳐지는 파라솔 아래

물고기 가득 싣고 귀향한 어선처럼 지친 어구를 건져 올린다.

간혹 소금기에도 절여지지 않을 것 같은 지폐가 떼어내지 못한 수초처럼 붙어 있다.

갈수록 줄어드는 어족자원에

사내는 지느러미 같은 부속지를 파닥인다.

바닷속을 떠나 온 후로
전설은 수천 겹의 문밖에 있다는 것을 알았다.
다족류 북적이는 포구의 어시장을 기어 다니는
전설 밖의 인어
다리 잃고 가쁜 숨 쉬는 아가미를 얻은 날들이
눅눅한 물기의 시장 바닥을 긴다.
건너야 할 해협처럼 불빛들이 아득해진다.

꽃들의 박자

주말엔 축제의 박자가 있고 박자의 춤들이 있지. 캐스터네츠를 쓰거나 쓰지 않거나 탭 댄스 같은 발들이 바쁘지.

도시의 무한한 변화는 박자와 리듬으로 계속 피어난다. 수수께끼 같은 음계와 기이한 리듬이 본래 모습, 주말용 심장 같은 꽃들의 감정이 들어 있지.

박자와 리듬이 들어 있는 불타는 반경, 꽃마디엔 몇 분 음표가 들어 있을까? 어둠 속에서 불길이 솟아오르듯 춤을 추는 무희의 요염함, 애절한 노래는 이어폰 속으로 몰려가고 진정한 하객은 꽃들의 장식뿐이지.

춤추는 꽃들과 관망하는 관계들, 속으로 타들어가 돌돌 말려지는 꽃말과 무희용 드레스 같은 저 꽃송이들

구두 소리, 손가락 튕기는 소리, 관객들이 장단 맞추어 열광적으로 질러대는 몸놀림,

박자는 3박자 박수 치면서 오~레이! 뒤로 말려들어가듯 춤

동작이 다 끝나면 무희는 시들고 말지.

　봄부터 가을에 걸쳐 칸나, 리듬에 맞춰 출연 시간을 조율하고 있다.

빨간 옹알이

빨간색을 물고 꽃사과들이 떨어져 있다.
꽃보다 더 늦게 피어 있다.
벌레 한 마리
가을 내내 떫은 길을 배설하며 지나가고
칭얼거리는 나무 밑
사과나무 한 그루가 축소의 모형처럼 서 있다.
씨앗들의 소리가 들어 있을 꽃 사과의 옹알이 줍는다.

계절이 있는 나무들마다 열매와 색깔들이 다녀가고 손과 목
소리가 흔들린다.
검은 봉투 속 최초의 멀미가 궁금하였다.
진동이 없는 나무는
열매를 맺지 못한다는 말

뿌리가 얇은 나무들은 제 그늘을 의지하는 습관이 있고 아이
의 말에 붙어 있던 기형의 옹알이
붉은 속내를 뱉어 내려고 가을 내내 울렁거렸을 것이다.

뒷전에 서 있는 나무들

몸 필요한 것들의 대목으로 서 있다.

꽃에서 과실로 진화하지 못한 내력이 봄날 내내 아득했을 것
이다.

가지를 물고 있는 꽃사과를 본다.

시고 떫은맛이 입안에 붉은 꽃을 피우다 이내 잦아든다.

날아간 꽃 냄새가 빨갛게 입술의 표정이다.

비루한 모체에

방울처럼 빨간 옹알이 몇 개 달라붙어 있다.

항아리 뚜껑은 언제 잠겨지나

어머니의 푸념 속에는 가시가 박혀 있었다. 참새 몇 마리 가시나무 울타리에 앉아 있고 입을 오므린 항아리들이 안으로 문을 걸어 잠갔다.

항아리 같은 꽃병에 한 다발 국화꽃 꽂는다.

비가 몇 번 왔다가 지나갔다. 귀가 깨져 임시로 소쿠리를 덮어 놓은 항아리. 시간이 지나면서 생긴 얼룩 같은 반점들 둥둥 떠올라 온 어린 구더기들을 가시라 했다.

서서히 묵으며 익어가는
유달리 복부가 불거져 나와 있던 항아리
봄바람 건듯 불면
장독대는 된장과 간장 등으로 가득 띄워졌고
막 봄을 길어 올린 치마 걷고 소매 걷어부치면 아직 발그레
얼굴이 추웠다.

항아리는 빈 것이 열쇠다. 아직 토지대장에 지번으로 남아 있고 누구나 열 수 있지만 열어 봐야 소용없는, 와장창 깨지지

않고 서 있는 빈집. 가장자리부터 물기 말라 뒤집어 놓을라치면 화분의 흙처럼 줄어 있는 항아리들. 어느 틈으로든 다 새어나가면 빈집이 된다.

항아리 속 가시들이 짭짤한 보름달을 파먹고 있다.

이별의 냄새

모든 존재엔 냄새가 있고
공복의 이빨에 붙어 있는 통증의 찌꺼기들

들에서 돌아온 엄마의 몸에서 나던 바람의 냄새가 참 좋았지
만 지금은 몸 구석을 뚫고 나온 징후들이 온몸에 가득하다

엄마의 몸 어딘가에서 냄새가 나곤했다
코끝에서 굳어지는 냄새
땀 냄새 혹은, 아픈 배를 손으로 쓸어줄 때 보이던
손톱 속 검은 흙냄새 같기도 했다

초음파상 애벌레가 갉아먹듯 구멍 난 장기들 햇빛 가려 어두
운, 눈 못 뜬 부화

오로지 길을 터주는 혈관주머니 옆구리 차고 까무룩 잠의 마
을에 다녀오는 엄마
그 옛날 서글픈 밥그릇들이 이제야 붉는지
점점 불러오는 배

작은 숨소리를 풀어내며 이어지는 한밤
창을 살짝 열어놔도 떠나지 않는 이별의 냄새
신발처럼, 저 들판 어디쯤으로 빠져나가는
외짝의 냄새들

왜 모든 냄새들은
오래전의 기억까지 다다라서야 서글퍼지는 건지
코를 막고 손을 씻어도
엄마를 만졌던 두 손에서 가시처럼 따끔거리는 건지
돌아눕는 몸에서 끙, 떠나고 있는 엄마의 냄새

머리를 자르며

일요일도 열어놓은 뒷골목 미용실에 앉아
마음의 주름살 펴듯
얼기설긴 파마머리를 잘라내고 편다
익숙하고 노련한 가위질 소리가
쓰윽 쓱 긴 여운을 남기면
단절된 슬픔의 파편들이
비듬처럼 내려앉는다
한때 나는
염천대낮과도 같은 뜨거움으로
화끈거리는 날들 있었고
여리고 순한 새순처럼 삐죽삐죽 나와
마음의 가시처럼 겉돌기도 하고
반지르르한 생머리 바람의 갈피삼아 세어 보기도 하였다
하얀 숫눈 같은 서리가
한 올 한 올 생겨날 무렵
정면을 비켜 좌우측에 도열한 병사처럼
오래도록 자란 슬픔의 창을 닫고
실낱같은 희망들이 수북하게 만져지는 날을
손꼽아 기다려보는 것이다

졸고 있던 허공이
무릎을 들고 일어서다
거울 속에서 입을 다문다

담쟁이

언덕 위의 집처럼
숨 턱턱 차는 가파른 비탈길 오른다
구름과 숨바꼭질하다 들킨 한낮,
바람은 늘 제멋대로였다

잠을 못 자 눈 밑이 검은 그 여자도 그랬지
엎드리거나 기대 사는 사람들
움켜쥐는 버릇 때문에
가슴 펼 생각마저 들지 않는다지

바람과의 내통은
매일매일 그 타령이지
벽은 가로막힘이 아니라 뻗침이라지

바람과 구름은 근친상간이라 그 가계의 풍향계가 돌아가면
슬픔의 질량을 달아도 부피로 솟구치는 것인지
언제나 벽은 그녀 앞에 가로놓였다

주름살투성인 쪼그라든 손목

가는 허리와 등뼈를 감춘 곡예사처럼

그녀가 벽에 기대 울고 있다

그해 겨울

강이 내려다보이는 1612호 병실
엄마는 코에 호스를 끼고
가습기의 기포처럼 신음소리를 뱉어내고 있다
얼어붙은 강물처럼
서너 시간도 넘게 오줌주머니는
창자가 달라붙어 부풀지 않았다
밭은 숨을 내쉴 때마다
콧속에 끼워둔 긴 호스로
푸른 똥물 같은 위액이 끌어올려졌다
얼마를 토해내고 쏟아내야 저 부푼 배가 꺼질까
배를 쓸어내리는 손에
돌덩어리 같은 혹이 만져졌다
강물은 몇 번을 뒤척였는지 모른다
가끔 창밖으로 햇빛이 반짝였고
벌레가 갉아먹어 누렇게 오그라든
잎이 바람에 부딪치는 것이 보였다
똑똑 떨어지는 링거액 소리가
병실 안을 휘젓고 갈 때마다
손등과 팔목에선 푸른 멍이 늘어났고

엄마는 힘겹게 그 겨울을 견뎌내고 있었다
정체된 길이 뚫리듯
강줄기 따라 어둠 벗겨지자
오줌주머니도 노랗게 부풀어 올랐다

구름 이자법

얼마 전 다니던 회사를 퇴사했다 대출 가능한 날들은 사라졌다 등급의 인간이 되어 있었다 무이자와 저리이자 근처를 배회할 것이다

구름이 다 내 것이라 생각하고 펑펑 써버리는 날들이다 제때 햇빛을 받아내기 위해서는 조금씩 관리해야 한다

투자자를 빼닮은 구름은 빚 독촉하는 구름의 관리 조항이다

바람과 먼지는 적용 대상에서 제외되었다 현재 여전히 구름 기업에서는 청년실업률의 표본을 생산하고 있다 구름 약관에는 종신이란 없다 한번 투자로 평생을 보장받지 않는다

협착은 구름의 실핏줄이었을까 하얀 연기가 퍼져가는 것이 보였다 생전에 화장은 싫다고 무겁게 부푼 배를 안은 채 엄마는 침대에서 걸어 나오지 못했다

해법은 그동안 어슬렁거렸던 근거지에 빨간 동그라미를 치는 것으로 말하자면 꺾기인데 연체되어 두껍고 낮게 깔린 구름

이 둥글게 꿈틀거리면서 달 사이로 비비고 나오는 경우다

　지독한 피해는 속출하였다 죽음은 한 조각구름이 스러지는
것이었을까 추모의 날짜로 가족들 공휴일을 갖기도 한다 어떤
날짜들은 뿔뿔이 떨어져 있는 집들을 일렬로 모아 배열하기도
하였다 날짜는 시계의 초침보다 빨리 날아다녔다

　구름 이자 제한법이 시행될 것이다

　한 무더기의 구름이 이자 상환처럼 산 저쪽으로 흘러갔다 여
행이 끝남에 따라 장례라는 예의가 대출되었고 조문객들은 종
일 떠가는 구름만 보고 있었다 구름 속에 얼굴 감춘 달이 지문
처럼 번지고 있었다

4부

후유증

　침대가 편해야 잠이 잘 온다고 매트리스 좋은 것으로 주문하
여 바꿔 주었는데 비가 오는 궂은 날이 많아질수록 침대 박차
고 나가 바닥에 깔아 놓은 어머니가 쓰던 황토 옥 자석매트에
누워 자고 있다 푹신거리는 침대보다 자석의 당기는 힘이 더
강해서일까 자석처럼 바닥에 달라붙어야만 깊은 잠을 잔다

　쇠붙이를 몸속에 붙인 후부터의 일이다

구름의 저작권

구름이 피뢰침 들고
무겁고 둔중한 빗소리 뱉어 내고 있다
눈 밖의 연주
창문에 떨어지는 빗방울은 팔분음표가 된다
가끔 피뢰침 휘두를 때마다
창문으로 우르르 몰려드는 청중들
구름 지휘자는 악보에 대한 저작권이 없다

지구는 거대한 도체(導體)다
국경도 없기 때문에 이역을 기웃거리다가 먼 곳까지 흘러갔다
오곤 하였다

지휘자의 범위는 피뢰침 끝에서 지상으로 그은
수직선을 축으로 한 원뿔 내의 영역
끊임없이 음을 조율하고 있지만
접지저항이 없어 여기저기 떠돌다가 말 것이라는 추측의 화음
독특한 음역을 주장할 어떠한 조항도 없다

눈꺼풀들은 시간을 깜빡이고

온음표나 도돌이표 같은 이슬이 뭉쳐서 구름이 된다는 정도
우리는 불가능성에 대한 가능성에 대해
고민하고 있을 뿐

내내 불편한 조건은 마찬가지다

적란운이 지향하는 세계는 지상의 뾰족한 모서리에 떨어지
기 쉽다

유리창은 검은빛,
음이 투명하지 않는 순간으로 깨지면 빗방울은 달라진다
화음이 고르지 않고 낙뢰처럼 이탈할 확률이 높다는 것
그리하여 합창 시간이 길어질 수밖에 없다는 것

나무의 도감

묵은 바람과 새로 돋은 바람이 한 나무에 섞이고 있다.
섞여서 계절이고
풍천이다.

밀물이 들듯 초록의 시간이 스며들고 있는 단풍나무,
어족의 지느러미뼈처럼 끝이 갈라져 있다.
저 마디에는 여러 갈래의 엽흔과 지흔처럼 가지 물길이다.
바람의 청진기로 나무에 귀를 댄다.
물기슭, 자박자박 숨 고르며
물 건너는 부레처럼 기낭이 부풀고 있다.

두주에서 잎눈이 뜰 때를 기다린다.
계절이 섞일 때마다 물갈퀴 같은 발톱은 더 단단해지고
뼈마디는 살빛을 키울 것이다.
날개만이 아니라 다리와 발, 비늘로 덮였던 계절
뿌리에 지층이 새겨졌다면
물길은 분명 간간한 갯내가 들어 있을 것이다.

썰물 방향의 수문엔 새로운 잎이 교대하고 있다.

잎의 태생은 오르막이었으나, 부스럭거리는 방향 쪽으론 내리
막길이다.
걸어서 저 높이를 내려온 적 없는 가지 끝 소실점
해마다 그 끝은 방생이다.

새 살림을 난 계절이
나무에 세들어 초록으로 번진다.
단풍나무는 붉은 온도로 조금씩 물들 것이고
그 해의 물길이 마르면 퇴락을 거듭할 것이다.
쉬는 나무가 없듯 쉬는 계절도 없다.

가습기 휩싸인,

낙타 한 마리 웅크리고 있다. 그리고 동네의 하천 수위는 점점 낮아져 간다. 흰 안개를 피워 올리던 날들이 잦았고 버드나무들은 여름 내내 푸른 물기를 분수처럼 낭비했다. 흐르지 않는 것들만 물금으로 남아있는 하천을 켠다.

물이 마르는 소리를 오래 듣다가
흐른다는 말을 하천도감에서 찾아보기도 했다.

낙타는 짧은 해를 되새김질 하는 습관이 있다 마을은 점점 건조해지고 버캐 같은 흰 거품들이 낙타의 입에서 흘러 다닌다. 가볍고 긴 순간의 힘이 쿨럭 대며 날아가는 아침 모든 표시마다 창문을 달고 창문에 비쳐져 잠들고 싶다. 별들의 사후가 물빛에 둥둥 떠다닌다.

오랫동안 하천의 냄새를 코에 넣고 다녔다.
동네마다 물의 냄새가 다르다는 것을 객지에서 알았다.

객지의 코로 재채기를 하거나 마른기침을 할 때. 그래도 여전히 삶이 건조한 것은 고개를 돌리지 않았다는 증거다. 그럴

때 문득, 낙타가 일어서고 있었다. 거꾸로 처박혀 있다는 것을
모를 때의 일이다.

　목이 마른 지표면에
　안개가 피어오른다.
　허물어진 사막을 방안에서 본다.

바람의 책

해안선을 따라 길게 방풍림이 푸르다. 바람의 페이지는 이쯤에서 맨 첫 장으로 다시 돌아간다, 열매들은 시어지다 종래에는 짠 계절에 들고 바람의 마침표에는 흔들리는 씨가 많다.

이곳 반달 모양의 그늘에 들어 휘어지는 등과 펄럭이는 잎을 얻어가는 물고기들 그럴 때마다 물의 페이지는 한 장 한 장 넘어가고 부서지고 말라 어느 족적이 읽고 지나간 흔적이 묻어 있다 물기가 날아간 문장 비릿한 바람이 돌아다니는 숲엔 하현 모양의 부레가 있는 큰어족이 늙은 풍문으로 산다.

도무지 시끄러운 책이다 파도의 대목에서는 돌 구르는 소리가 부풀어 있다 어깨에 돌아다니는 비린 통증이 있고 뒤척이는 어선들 마을의 노인들에겐 돌아눕는 민간요법이 있어 바람 이전에 가서 서성인다.

저항엔 날아오르는 소리가 있다. 바람이 소멸하는 순간을 보고 싶다면 이곳에 와서 몸을 구부리고 기다리면 된다. 길 잃은 것들이 길을 흔드는 걸 본다.

가라앉은 곳에서 떠오르는 부력은 없다지만 이곳 숲에선 가라앉은 바람이 날아오르는 것을 볼 수 있다. 바람이 끝나는 곳. 늙은 바람이 떨어지기도 하는 곳. 바람의 그늘에 고기떼가 몰려든다.

떨어진 글자들을 주워 물고기 눈으로 읽는 달이 환하다.

어느 무렵에서 두어 주 후

낙풍落風으로 빨래가 마르고 있다
겨울을 살던 아이스박스에 흙을 담가 놓고 모종의 씨앗이 될 바
람을 묻었다
벚나무가 길가 양쪽에 나란히 서 있고
터널을 만들면서 가는 봄날이 봄바람에 기대는 오후
페인트가 벗겨 나간 외벽엔
바스락거리는 내복이 드러나 있다
의자로 앉은 나무판자가 세월을 걸쳐 놓거나 눕히거나.

흰 부직포 천막을 덧댄 지붕 밑 기척 없는 문
화단에 고인 섭씨의 어느 날엔
올챙이 같은 꽃이 톡톡 산란하기도 한다
꽃잎은 대궁의 둘레로 원을 그리며 돌고
대궁의 계절로 제자리에 서 있는 골목길
낡은 시멘트 포장 위로 낮은 꽃들이 실금으로 핀다

어떤 바람도 골목에 오래 머물지는 않는다
세월은 제 성질에 못 이기는 척 길지 않았고 언제나 쉽게 수그
러들었다.

빨랫줄이 담장을 한 번씩 튕기고 갈 때마다
금줄 쳐놓고 고사 올리던 기억이 떠올려졌다
널어 놓은 옷을 걷을까 말까 흐릿한 오후를 서성인다

희게 걸려 있던 꽃잎들이 떨어지고 아직은 젖어 있다
모두 물기를 덜어내고 있고
아직 마르지도 않은 봄날이 골목 밖으로 뛰어간다

발화의 방식

아이가 빨대를 물고 있다.
와글와글 소리들이 퐁퐁 비눗방울로 터지고
공기의 들숨 날숨이 공원을 떠돈다.
작은 물집, 바람을 가둔 거품들

비누가 잘 풀리는 계절이다.

강풍기는 도처에 놓여 있다.
휘발하는 것 따윈 누가 있거나 없어도 그만
수매화를 피우려 빛의 파장이 길다.

나무들이 뿜어내는 거품을 본다.
비눗물은 꽃자루 끝에서 피고
숨을 힘차게 불어넣는 나무들의 입언저리
개화기가 나무에 붙어 있는 것은
물집에 갇힌 바람의 소멸방식이 식물성이 아니기 때문이다.
하늘 높이 날아갔다 오는 새처럼
부력의 힘으로 나무는 꽃의 간극까지 한 호흡을 얻는다.

꽃대 끝에서 피었던 방울이 터지면서 꽃들은 열매를 맺는다.
공기의 틈에서 피었다 사라지는 입자들
계절은 다소 얼마간 부풀어 오르고 터질 것이고
바람의 호흡,
한낮이 열었던 서랍이 닫히고
손잡이는 퐁퐁 날아다닌다.

도감

훗날 공중도감에는 풍속의 후손이라고 기록될 것이다.

활공의 운행법에 관한 모든 저작권을 스스로 포기했다는 기록도 첨부되어 있을 것이다.

절벽의 속도를 규정한 날개는 자동으로 변속되는 수평방식이고 착지를 위해 바람의 저항을 불러내는 우관을 쓰는 종. 천공을 빌려와 눈으로 사용했다는 기록. 이동 경로를 날아갈 때는 거대한 새의 모양을 따라 했다는 그림이 첨부되어 있을 것이다. 평상시엔 추진체를 중립에 두었다 한다.

비슷한 종으로는 제자리 날기를 하는 나무들이 있는데 바람이 웅크리고 잠들다 갔다는 기록과 날개의 면적을 자유자재로 바꿔 각 층의 넓이에 작용하는 힘을 계절에 적용했다 한다. 들어 올릴 수 있는 무게는 없었다고 한다.

멀리 가는 무리, 지구 궤도를 따라 여행을 결심했다 하여 모든 새가 우주에 가 닿을 수 없는 것처럼 지평선의 각도와 위치 계절의 변화로 개체수를 조절했다 한다. 끝으로 부리로 새끼를 키우는 길고 뾰족한 모성이 있었다 한다.

[첨부 설명]

구름의 척력이 계절의 둥지를 여닫을 수 있다면 새들의 운행 시간은 최소로 단축될 것이다.

먼 훗날에는 우주엘리베이터처럼 노선이 생길 것이다. 우주를 왕복하기 위해 가장 효과적인 종이 될 수 있다.

만원사례

극장은 반드시 사용하기 전에 설명서를 읽고 상황에 맞게 정확히 지정석에 입장한다. 전성기를 누린 고전 명화를 재개봉한다. 주연배우의 고갈과 러닝타임의 부재로 모월 모일자로 스크린을 구긴다는 예고편이 수록되어 있다.

삐걱대는 의자며 끈적이는 바닥의 허름함은 국내용이다. 조조할인처럼 동시상영이라도 걸리면 표 한 장으로 두 영화를 볼수 있어 속영된다. 사용 환경이 다른 국외에서는 함께 울고 웃을 수 없는 실험용이다.

스크린에서 상영됐던 전쟁과 바다와 하늘은 다 사라진다. 등장된 수많은 풍경들 로열박스처럼 현수막으로 펼쳐져 롱런한다. 옛날 감정을 리메이크 하고 싶다면 로드쇼처럼 가설에 있을 예정이다. 영화를 보고 난 뒤에는 우리말로 더빙되어 설명자막 필요 없는 감독판 청춘비망록을 잘 보관한다.

흑백영화처럼 향수를 부르는 단관들, 외관은 극장 내부의 품질 향상을 위해 예고 없이 변경될 수 있다. 일차 사용설명서를 읽지 않아서 상영부터 자리가 꽉 차는 바람에 생기는 입석이나 무료입장은 책임지지 않는다.

사라진 편지*

케이블카를 타고 성 내부에 오르면 박물관
지하 계단 보듯 두리번거린다.
탁 트인 정원과 분수를 내려다본다.
파이프오르간 켜는 늙은 악사의 눈빛 담고 걸어갔다.
초상화, 자물쇠, 열쇠
마로니에 나뭇잎이 메마른 모습으로 몸을 떨었다.

두 자루의 촛불이 타고 있는 감옥으로 가자,
이곳은 영원한 안식의 하룻밤, 최후의 고독
창살 친 창으로 아침햇살이 비치기 시작하는 동안
초라한 책상, 마지막 힘을 다해 편지를 썼다.

변장을 하고 도망을 쳐도 특이한 향은 당신을 알아보게 했어요.
이것은 이별의 냄새, 군중에게 일파만파 번져갔지요.

발밑으로 투명한 유형의 그림자
계속 어떤 향을 피워 올렸다.
실물크기의 밀랍인형은 난로를 옆에 두고
무얼 그리 엄숙하게 보고 있을까?

죽음의 폭풍우가 불안한 검은 구름을
말끔히 휩쓸고 간 표정 짓고 있다.
잉크가 마르지 않은 접힌 종이를 건넸다.
인사말도
서명도 없이
그러므로 종이들의 무덤,

언제부터 같은 페이지를 넘기지 못하는 눈동자
발아래가 수북했다.

* 마리 앙뜨와네트의 죽음의 편지

독백

밤잠을 설친 날,
졸음 꽉 찬 하품을 하며
냉장고에 넣어둔 조개 꺼내
물에 씻어 끓였다
한숨에 입을 벌리는 것은 서너 개
꽉 다문 입술,
억지로 주리를 트니
밀물처럼 흙 가득 들어앉아
모래를 씹는 것 마냥 서걱거린다
국물에 쓰려고 한 뜸을 들인 후
냉장고에 남겨둔 조개 꺼내
우묵한 그릇에 소금물 담고
제 스스로 실토를 할 때까지
가만가만 모르는 체하면
굳어진 근육 관자를 열고
어금니처럼 아픈 속살 풀어놓는다
적당히 우려낼 소금과 시간이
누구에게나 필요한 것이어서
맘먹고 어지간히 기다리기로 했다

꼭 다문 입에서
꾸역꾸역 토해 놓는 이야기들
거품이 일기 시작했다

늙은 책

사방의 공중에 고목체로 집필하고 있다.
서지를 관장하는 나무 그늘이 손수 필사를 한다.
걸어가거나 뛰어가는 날들을 견디느라 늙었을 마을 어귀엔
고문서로 읽히는 한 그루 느티나무가 있다.
제본마다 푸른 점을 찍고
잎맥들은 혈통에 바람을 불러들인다.

색인처럼 진열되어 있는 이파리
칸칸 파릇한 글자들이 인쇄되고 있다.

곰팡이처럼 부식되어 가는 이끼들
필적에 오르지 못하고 더부살이로 나무를 덮기도 한다.

바닥을 움켜쥐듯 한 내용엔
뿌리를 닮은 추측이 오르막을 오른다.

휘어진 연로年老는 늙은 충복 거느리듯 축대에 의지하고 있다.
원줄기에서 갈라져 나온 종지처럼
그 가계를 찾아 올라간다면

책의 내용은 앞으로만 읽게 되어 있는 형상일 것이다.

잎들은 바람의 단행본으로 본색을 쫓아간다.
혀에 침 묻혀 방대한 잎의 두께를 책처럼 넘긴다.
마을에는 책장을 넘기는 바람의 손이 있어
느티나무 계보학 같은 주석이 달릴 것이다.

주문을 취소하다

말의 백과사전을 주문했다.

차도르를 입거나 산맥을 넘어가거나 낙타를 타고 있는 말들을
주문했다.

책은 소모되지 않는다.
책의 생몰연대를 손으로 잡으면 한손에 다 잡힌다.
빗나간 화살처럼 낙전된 언어들
중간 중간 찢어져 나간 페이지
눈을 감지 않으면 기억나지 않는 책의 입술 모양

쓰여 지지 않는 말들은
생각에 잠긴 입모양을 하고 있다.
다문 입속에 가라앉은 말처럼
기록되지 못하고 품절된 책들
창고에 쌓여 있는 복제된 말들의 서慄

오랫동안 활자본을 연구했다
책 뒤편엔 활시위 당겼던 기록이 인쇄되어 있는 횟수처럼

어떤 사전이던 승부 없는 전쟁 없듯

말 품종에 관한 해설이 애장서처럼 빽빽하다.

한 번쯤은 입속에서 맴돌거나 가라앉았던 언어들, 누워 있거나 꽂혀 있거나

처음과 끝은 항상 묵음된 소리 같은 입모양

세워 놓은 활ㄹ이다.

너무 오래 읽고 있는 전쟁사처럼

어깨가 의자에 파묻힐수록 클릭만 되어 있어

팽팽했던 활시위 늘어져 메길 수 없다.

그, 손에서 천천히 잡아당겼던 시위를 다시 내려놓는다.

바람 한 장

대나무 한 그루가 하늘을 날고 있다. 허공을 품고 살았던 살蠶들로 바람을 막아 서고 있는 풍연 바람 가득 든 꼬리의 힘으로 떠 있다.

한 여름 대숲 풀어져 공중으로 솟구쳐 오르던 순筍을 닮은 바람 한 장, 실에 매여진 바람 한 장이 벌잇줄 같은 날개를 휘젓는다. 땅에서 자란 것들, 하늘 쪽으로 가까워질수록 어느 쪽으로도 마음 끊을 수 없는 사이가 팽팽해진다.

잘못 디딘 보폭이 돌듯 휘청거리는 공중의 먼 발치, 한 점 바람의 씨를 들추었더니 날아오르는 잎들이 있다. 저 가느다란 뼈로 긴 거리를 거느리고 있다. 나는 것들을 되감으면 실 뭉치 같은 집을 짓기도 한다. 흔들리는 것들, 스스로 가볍거나 스스로 무겁다.

열 손가락에서 풀려나간 실의 거리가 묵직하다 사다리를 놓아 바람을 벗겨오던 옛일이 가까이에 걸리고 부력을 가질수록 질겨지는 기억 오래 전 창의 반대쪽으로 허공이 붙여놓은 부적이 있을지도 모른다. 어느 방향을 막으려고 저렇듯 팽팽할까?

바람을 당겨 감는다.

　푸른 씨앗도 없이 대숲에선 줄기들이 태어나고 있다. 몸은
죽고 꼬리만 살아 펄럭거리고 있는 바람 한 장.

책들의 점성학

책을 폈을 때 가장 먼저 눈을 갖는 문장들로
시작되는 예언은 오래전부터 있었다.
호기심과 위기감 사이에는 침 묻는 손가락이 있다.
새로운 해석은 늘 반신반의의 단락들이고
간접의 상징들이 팔랑거리는 소리를 내기도 했다.
어떤 책도 한 사람이 걸어 들어가
머무른 적이 없듯
점성술에서 마음을 찾아내는 오래된 방식.
좋은 구절을 뽑아 인용하듯
일찍이 전해져 오던
네 귀퉁이가 다 닳아 점치기 어려운 이름깨나 알려진
기획 의도는 어떤 대목에서 미간 되었을까?
잃어버린 책을 찾듯
순서 배열은 정연했고
묶음된 숫자 같은 바벨들
책 무게에 책꽂이가 흔들린 역사는
무수히 많고 무수히 허물어졌다.

탁탁탁, 탁탁, 탁탁탁
문을 두드리듯 쉼표를 찍는다.

꿈속에서 걸어 나오듯 책속에서 걸어 나왔고
곧 한 권의 책으로 운명선이 바뀌듯
저자의 변은 완결되었다.
도서관의 많은 책들이 폐기될 때마다 새 책이 쏟아져 나온
다.
손에서 책을 놓지 않는 그대
구두점을 치는 방식으로
책을 펴서 오늘의 운세를 점쳐 볼까요.

상징 도감圖鑑을 펴다

신진숙

장유정 시인은 엄밀하다. 사물이 혹은 풍경이 그 자신의 외피를 뚫고, 인간의 삶 자체를 상징하는 것으로 변모할 때까지 시인은, 사물을 엄밀하게 보고 또 본다. 사물과 풍경은 이 지치지 않는 시선 속에서 상투성을 벗고, 진정한 것이 되려 한다. 그러나 장유정 시인의 이 「봄」은 좀 더 특별하다. 그것은 그녀가 세계를 있는 그대로 보고자 할 뿐만 아니라 사물이 놓인 맥락 자체를 변경하려 하기 때문이다. 즉, 시인은 사물과 풍경의 본질에 다가가는 작업을 수행하는 동시에 사물이 놓인 의미체계를 다르게 변화시키려 한다. 그것은 말하자면 동일성이 아닌 시차視差를 통해 사물을 바라보려는 노력이다.

그 점에서 장유정 시인이 사물을 읽고 독해하는 과정은 일상적인 맥락들에 괄호를 치면서 시작된다. 그녀는 사물이 놓인 일상적 의미체계를 중지시키고, 다르게 읽으려 한다. 이를 통해 시인은 하나의 세계가 다른 세계로 맞닿아 이어지는 곳으로 나아간다. 따라서 사물은 의미의 저장소일 수는 있지만 시인이 찾아내야할 최종 목표는 아니다. 사물에 대한 집요한 탐구를 멈추지 않으면서도 선험적인 의미를 추구하지는 않는다.

여기서 「봄」은 이중의 작업이다. 한 번은 사물의 내면으로 들어가며, 다른 한 번은 사물의 바깥에서 옮겨가, 사물을 보는 시각 자체를 바꾸어놓는다. 의미는 원래 있던 것이 아니라, 이 두 겹의 시선이 만날 때 비로소 형성된다. 그것은 때로 기호의 기초적 체계가 흔들리는 미적 충격을 가져온다. 그녀의 첫 시집은 시인의 이러한 시선들이 만들어낸 새로운 상징의 도감이다.

집요한 탐구의 시작

열 개의 손가락마다
하얀 연기가 피어오르는 눈알이 있다.
주문이 붙은 일들이란 대부분
숨어 있는 법칙이 있고 화려한 무대를 갖고 있다.
떠오르는 몸, 의상도 없이 날 수 있는 인간의 꿈은
공중부양의 한 때로 흔들거릴 뿐이다.
어릴 때 공터에서 관객들의 감정을 모으던 마술사는
사실 친구 아버지였다
틈만 나면 모자에서 새를 꺼내고
장미를 피어나게 하던 속임수와 잦은 실패들
마술은 마음을 열게 하는 것이 아니라
감정을 잠그게 하는 것이라던 그,

끌어당기는 자석효과로 시선은 상대방 눈빛을 따라간다.

비밀추측이 불가능한 기적을 만든다.

속지 않겠다고 다짐하는 관객과

완성하는 신비스러움이 깨진 마술사는 매력적이지 않다.

순례하는 도시마다 갖고 있던 것들

손에서 해결되는 주름과 흰 수염, 낡은 모자 등

모든 실체들은 그림자로 몰려갔다.

어느 가을 거짓말처럼 마술사는 제 아들을 사라지게 했다.

인간 사이의 친교를 부정하듯

그는 불임의 침대를 가지고 있다.

모자를 열면 창문 밖에서 새들이 우르르 날아갔다.

어떤 속임수도 없는 얼굴에서

마술처럼 눈물이 뚝뚝 떨어지던 그의 마지막 마술을 보았다.

— 「마술사」 전문

시 「마술사」는 시인이 사물과 세계를 대하는 자세가 잘 드러나
있다. 시인은 대상을 엄밀히 보기 위해 철저하게 몰입하는 동시에
그 대상과의 일정한 거리를 끝까지 유지한다. 이야기는 어린 시절
마술사에 대한 기억을 소재로 하고 있다. 사람들이 마술에 속지
않기 위해 더 열심히 마술사를 바라보던 모습도 떠올린다. 신기하

게도 마술사의 "열 개의 손가락마다 /하얀 연기가 피어오르는 눈알이" 있었다고 기억한다. 하지만 곧 그것이 속임수에 불과하다는 것을 깨닫게 된다. 마술이 속임수라는 사실이 마술을 완성한다는 것도 알게 된다. 그러므로 마술은 사람의 마음을 열리게 하는 것이 아니라 닫히게 하는 기술이다. 마술사의 존재는, 보이는 것을 진실이라고 믿는 무지한 행위를 비웃는다. 그러므로 "주문이 붙은 일들이란 대부분 /숨어 있는 법칙이 있고 화려한 무대를 갖고 있다"는 것을 잊지 말아야 한다. 무대 위에서 펼쳐지는 마술은 실체가 아니라 실체를 가장한 "그림자"다.

그러던 어느 날 마술은 뜻하지 않은 곳에서 진짜 마술이 된다. 마술사의 아들이자 나의 친구인 아이가 사라진 것이다. 친구가 완전히 사라진 현실은 마술보다 더한 마술처럼 다가온다. 기실 삶은 속임수가 없는 진짜 마술이다. 사랑하는 대상의 죽음은 어떤 거짓도 허용하지 않는다. 투명한 존재의 마술을 보게 된 것이다.

여기서 주목할 것은 장유정 시인의 눈이다. 그녀는 사물을 바라보는 시선을 거두지 않는다. 상투적인 감정이입은 차단된다. 대상과 시인의 거리는 좁혀지지 않는다. 그럼에도 그것은 마술적이다. 정확히 그리고 엄밀하게 사물을 바라봄으로써, 어떤 개입이나 인위적인 조작 없이, 삶의 진정한 의미를 드러내기 때문이다. 따라서 시인이 사물을 자세히 보는 것은 그 안에 거대한 혹은 숨 막히는 진실을 찾기 위함이 아니다. 다만 자신과 마주한 타자 존재의 의미를 있는 그대로 받아들이고자 하는 것이다. 타자는 시인이 보아야 할 진정한 대상이며, 그 자체로 하나의 상징이 될 수 있다. 보이는 것과 보이지 않는 것이 타자라는 상징을 통해 촘촘하게 얽혀 들어간다. 시인은 두 개의 세계를 보고 연결하는 존재일 뿐이다.

시인은 아마도 우리가 살고 있는 세상을 상징을 상실한 세계라고 생각하는 듯하다. 말하자면 그녀는 우리의 세계를 "진열의 세계"라고 말한다. "시간의 화석 같은 무언극에 /막 의상이 바뀌고 있다 /갈아 입혀지는 계절에 정가표가 달린다"(「진열의 세계」). 그렇다면 진열된 삶이란 무엇일까. 그것은 삶으로부터 의미의 여백 혹은 신비를 남김없이 소모시켜버린 삶이다. "정가표"를 달고 있는 상품처럼 사물의 한 면만이 강조되는. 다른 시선, 다른 의미는 존재할 수 없다. 사물은 언제부터인가 모두 상품이 되어버렸으며, 따라서 상징의 깊이 또한 부재하게 된다. 상품들의 세계는 말한다. 보이는 것이 의미이다. 다른 것은 없다. 사실 진열된 상품들의 유일한 질서는 자본의 논리이다. 물론 자본은 그 무엇도 감추지 않는다. 모든 것이 보이도록 전시되고 또 설득된다. 더 많은 상품의 운명을 결정하는 것은 더 많은 상품 이미지들이다. 끊임없이 교환되고 대체되는 상품들은, 상징적 해석 과정 자체를 제거한 결과이다. 모든 것이 명쾌하고 남김없이 전달된다.

하여 시인은 다른 논리를 찾으려 한다. 시적 대상을 다른 맥락, 다른 의미체계 속에 놓이게 함으로써 의미의 구조 자체를 변경하고자 한다. 즉, 장유정 시인의 집요한 탐구는 상품이 결코 지닐 수 없는 상징을 되찾는 과정이다. 일상적 사물과 상징으로서의 사물 사이에서 시차視差가 발생하며, 그것은 바로 시의 탄생을 의미한다.

지붕을 밟고 잠긴 별들이 돌아다녔다
그럴 때마다 구부러진 물음들이 뒤척거린다
두드려도 열리지 않는 문처럼
흔들어 깨워도
일어설 수 없어 굽어져 버린 시간
세상의 온갖 고민 따위는 구부린 등에 있다는 듯
늙은 남자가 새우잠을 자고 있다
의문의 그림자가 첩첩이 덮인
가만히 저녁을 견디다
병속을 아래위로 흔드는 습관처럼
숨 쉴 때마다 남자의 등은 한없이 굽어져 간다

효모가 들어가 자연적으로 발효되는 알코올과 같이
고민도 취하는 시간이 있다
술 냄새가 묻어 있는,

무의식 속에서도 펴지지 않는 저 웅크린 잠은

쾡한 걱정들이 궁리 끝에 취할 수 있는 자세다

끝없이 몸을 뒤척이다가 뜬눈으로 몸을 나가는 취기

젊을 적 질문들은 늦은 해장거리도 안 된다는 듯

한 사발 물부터 찾는 구부러진 고민

어느 지점에 가서야 풀어지는 실마리처럼

고민도 거듭하다 보면 스스로 풀릴까

더 달릴 주석도 없는, 남자의 물음표들

돌아눕는 대답의 모양

냄새가 옅어진 문고리들이 꿈꾸듯 흔들리고 있다

－「구부린 고민」 전문

　이 시 「구부린 고민」은 구부린 몸과 물음표가 지닌 형태적 유사성에서 시작된다. 시인은, 구부린 몸을 오래, 깊이 응시함으로써 그것이 생에 대한 물음 자체라는 것을 발견한다. 누군가 "두드려도 열리지 않는 문" 앞에서 웅크린 잠을 잔다. 그에게 세상의 문은 굳게 닫혀 있다. 나가지도 들어오지도 못한다. 할 수 있는 일은, 물음을 던지는 것 뿐. 세상에 던진 물음을 자신의 몸으로 감내해나가는 것. 하여 생은 마치 깊은 잠에 들지 못한 몸과 같다. 몸을 구부린 채 잠든 존재의 머리 위로 별들이 지나고 수많은 뒤척이는 잠이 흘렀다. 아무것도 변한 것은 없다. 하지만 우리 모두는 자신에게 부과된 생애의 무게를 견디며 살아가야 한다. 생에 대한 물음을 멈출 수는 없다. "무의식 속에서도 펴지지 않는 저 웅크린 잠"이 곧 삶이기 때문이다. 물음에 대한 물음은 언제나 또 다른 물음일 수밖에 없다. 그래서 아직도 "문고리들이 꿈꾸듯 흔들리고 있다."

이처럼 바라본다는 행위는 사실을 사실로 읽어내는 객관적인 시선과 존재의 의미를 개시하는 직관을 하나로 결합한다. 장유정 시인에게 봄은 사물 자체를 있는 그대로 바라보는 것이면서 동시에 그것의 외연을 뚫고 세계의 참혹에까지 도달하는 것이다. 따라서 시인이 세계를 탐구하기 위해 무엇인가를 바라볼 때, 그것은 사물을 제대로 보기 위해 사물을 향해 눈을 감는 것이다. 그리고 상징을 읽어내는 다른 눈을 뜬다.

하지만, 아니 그러므로, 봄은 차갑지 않다. 객관적이지만 따뜻하다. 그것은 타자에 대한 거리두기이자 타자를 향한 다가섬이다. 오래 무엇인가를 바라보기 위해서는 그 바라보는 대상에 대한 애정 없이는 불가능하다. 무엇을 어떠한 편견 없이 엄밀하게 보기 위해 노력한다는 것은 그런 의미다. 존재를 온전하게 읽어내기 위해서는 존재 자체를 받아들이지 않으면 안 된다. 시인의 눈앞에 타자가 존재하는 한, 그녀의 "집요한 탐구"(「가방」)는 끝나지 않을 것이다. 바로 이 봄이 객관적 분석과 다른 이유이다. 엄밀히 봄은 직관적 깨달음과 다르지 않다. 그래서 장유정의 시는 무의미한 말의 연쇄가 될 수 없고 상징이 된다. 이것이 본다는 것이 지닌 역설이다.

사유의 집, 집의 사유

헛배를 부풀려 제 몸을 지키는 어종엔 독특한 발성법이 있다.
(「물고기 발성법」)

장유정 시인은 타자마다 지닌 고유의 법칙을 발견하고, 이를 통해 새로운 상징체계를 구축한다. 존재를 깊이 드러낼 수 있는 상징적 기호들을 찾아냄으로써 타자에게 한 발 더 깊이 다가선다. 그렇다. 시인이 봄을 멈출 수 없는 것은, 모든 존재에게 독특한 존재의 발성법이 존재하기 때문이다. 시인은 존재마다의 이 독특한 소리규칙을 존재의 의미로 이해하며, 하여 대상 자체를 끊임없이 집요하게 바라보아야 했던 것이다. 봄은 타자를 대하는 그녀만의 고유한 방식인 것이다. 더 깊이, 더 오래, 대상을 바라봄으로써 시인은 타자라는 수수께끼를 풀어간다. 타자는 끊임없이 무엇인가 말을 하고 있으며, 그것은 나와는 다른 발성법이어서 완전한 해석은 불가능하다. 시인의 책무는 이 이해할 수 없는 타자의 말을 듣는 것이다. 타자의 말은 시인이 알아야 할 상징의 비밀일 수도 있다.

그런 의미에서 타자는 시인이 보아야 할 진정한 거울이다. 그 것은 진열장의 거울과 전적으로 다르다. 타자 거울은, 즉각적으로 자신의 모습을 비추고, 끊임없이 동일성을 복사해가는 진열의 세계로부터 우리를 탈출시킬 수 있다. 시인이 유리 거울이 아닌 "편백나무 벽"(「욕조」)에 자신을 비추어보았던 것은 그 때문이다. 아무것도 비출 수 없는 거울들은 특별한 탐구를 통해서만 거울을 바라보는 자의 모습을 보여준다. 집이라는 대상도 그러하다. 집에 대한 수많은 탐구에서 알 수 있듯, 장유정 시인은 집이라는 거울을 통해 세계를 더 깊이 성찰한다.

그렇다면 집은 어떻게 시인에게 중요한 상징이 되었을까. 집을 사유한다는 것은 존재에 대한 사유를 의미한다. 집에 대한 탐구는 어떤 의미에서 존재의 형식에 대한 탐색을 의미한다. 세상에는 수많은 집이 있고, 그 속에는 수많은 삶이 담겨 있다. 집의 의미는 하나가 아니다. 집은 수많은 형태로 우리 앞에 서 있다. 이를테면 인간에게 집이란 삶의 안식처이자 돌아갈 공간이다. "인간이 집을 고집하는 이유는 추운 몸 때문"(「적산」)이 아닌가. 세상 만물이 다 그러하듯 집이 없는 사람들은 집을 꿈꾼다. "입주표를 품은 반달"(「두실와옥」)처럼 살아가는 우리를 떠올려보라. 또 누군가는 "바람이 몹시 불 때 날아가는 경우를 대비해"(「빗물받이 공사」) 더 튼튼한 집을 원하기도 한다. 누군가에게 집은 "일생을 걸고 하던 약속"(「제비」)이 되기도 한다. 더욱이 집들이 날마다 "허물어지고 다시 쌓이는 도시"(「테트리스 41단계」)에서 집은 존재할 수 없다고도 말할 수 있다. "누구든 대문 앞에 서면 잠깐의 타인이 된다."(「문 앞에 서다」) 이처럼 집이라는 개념은, 단순한 하나의 이미지로 포섭되지 않는다. 집에 대한 형식은 존재의 형식만큼이나 다양하다. "창은 창틀 안에서 소리를 차단하고 울기도 하고 제 울음을 듣기도 한다. /바람이 열고 닫는 호흡법은 /면밀한 검토로도 예측할 수 없다."(「적산」)

하여 집의 사유란 어떤 의미에서 사유의 집이다. 집은 거기 존재하는 물질 대상이 아니라, 끊임없이 해석되어야 의미의 공간이다. 집이 말을 건다. 시인은 집이 만든 "침엽의 그늘"(「그늘이 말을 걸다」)이 건네는 말들을 듣기 위하여 집의 소리를 탐구한다.

특이한 것은 집의 형식이 고정되거나 멈추어 있지 않다는 점이다. 시간이 흐르면서 집은 해체되고, 형해화되어 간다. 그리고 무너진다. "아무 까닭없이 그대로 무릎 닳아버린 벽과 창문"만 남겨지고, "뒤틀린 문은 뒤틀린 벽을 지키고"(「납작집」) 있게 되는 순간, 집은 자신의 본질적인 형식으로 되돌아간다. 따라서 집의 본래적인 모습이란 바로 이 모든 시간들을 종합할 때에만 드러날 수 있다.

바람으로 벽을 세운다.
해와 달을 훈제하는 뾰족한 꼭대기에는 바람의 뚜껑이 있다.

날씨 사이 계절이 끼여 있는 벌판에
조립식 숨구멍을 튼다.
이것을 바람의 집이라 부르고 싶었다.

예각이 없는 벽,
구겨진 바람을 펴 문을 만든다.
환기창으로 들어온 햇살은 시침만 있는 시간이 되고
불의 씨앗을 들여놓으면 집이 된다
집에서 흔들리는 것은 연기뿐이라는 듯
발굽이 있는 흰 연기들이 꾸물꾸물 날아오른다.

한 그루 귀한 자작나무, 벌판의 한 가운데 서서 시계로 운
영되고 있다 푸른 지붕은 바람의 영역이다. 반짝거리는 초침
이 다 날아가도 재깍 재깍 부속품들만 돈다. 흐린 날에는 시
간도 쉰다.

빈 집을 알리는 표시가 열려 있다

정착하는 곳마다 그 곳의 시간은 따로 있다
자작나무에 붙은 시간이 다 떨어지면 지붕을 걷고
게르! 하고 부를 때마다 게으른 잠이 눈에 든다
바삭거리는 시간들이 날아간다.

집은 버리고 벽만 둘둘 말아 트럭에 싣는다.

떠도는 것은 지붕뿐이다.

-「떠도는 지붕」 전문

장유정 시인이 생각한 집의 본질적 형식은 무형無形이다. 가령 집은 "바람"과 같다. 이 시 「떠도는 지붕」은, 아름답다는 말 말고는 달리 표현할 말이 없는 이 시는, 집의 본질을 탐색하기 위해 집을 근본적으로 새롭게 탐색한다. 기실 집에 대한 일상적인 의미화 과정에 대해서 우리는 익숙하다. 우리가 상상하는 한, 집은 언제나 견고한 존재의 울타리다. 집이라는 공간에는 누구도 함부로 침입할 수 없다. 그러나 그것은 집의 환영이 아닌가. 어느 순간 세상의 모든 집은 소유의 대상이 되어버렸다. 집은 사적 소유물이자 재산이다. 이는 집의 이상화된 개념이 은폐시킨 것이기도 하다. 그것은 집이 삶 자체가 아니라, 삶의 무대이거나 배경이라고 생각하는 것과 무관하지 않다. 집이란 더 이상 존재의 집이 아니다. 또 다른 형식의 상품일 뿐이다. 어떤 상징도 되지 못한다. 이 시는 바로 이러한 집에 대한 일상적 맥락을 무너뜨린다. 집에 관한 사유를 근본적으로 존재의 형식에 대한 진지한 탐구이다. 집의 사유는, 집의 형식을 새로 쓰는 것일 뿐만 아니라 세계가 상실한 집에 관한 상징체계를 새롭게 다시 생성시키는 과정이다. 따라서 집에 관한 사유는 집 자체의 개념을 해체시키는 데까지 나아가기 마련이다.

이제 집은 붙박인 공간이 더 이상 아니다. "떠도는 지붕"이다. 유목민들이 집을 짓고 허물고 이동하며 근본적으로는 집이 없는 삶을 택했던 것처럼, 우리의 집 또한 다시 세우지 않으면 안 된다. 집을 소유하기 위해 집을 짓는 것은 영원히 집으로 돌아갈 수 없다는 것을 의미한다. 집을 버리기 위해 집을 지어야 한다. "집은 버리고 벽만 둘둘 말아 트럭에 싣는다." "떠도는 것은 지붕뿐이다." 집의 본질은 지붕 이외의 어떤 물적 실체를 갖지 않는다. 시인은 이러한 집의 형식을 "바람의 집"이라 부른다. 집의 궁극적 형식은 바람이며, 시인은 집이 인간을 위한 무대 이상의 것으로 상징화한다. 집은 자신의 역사 속에서 다시 존재한다. 집은 완전하지도 영원하지도 않다. 세상의 모든 집은 결국 "빈 집"이다. 무형의 형식.

시인은 이러한 집에 대한 사유를 좀 더 밀고 나아간다. 집에 대한 사유를 세상 만물이 하나하나마다 집이라는 사실로 이어간다. 가령 나무 한 그루도 집이다. 나무가 자라고 살고 죽는 전체 시간 동안 나무는 나무의 집이 되어 주었던 것이다.

새벽 감나무 밑에 잎사귀가 쌓이고 있다.
허공이 내어준 길이라고 겹겹
제 몸 벌려 받아내고 있다.
촉촉하게 젖었던 눈가 마르며

바스락거리는 잎들의 신음소리

어둠 밀쳐낸 밤처럼 잎사귀마다

상처로 얼룩져 있다.

햇살이 눈동자를 찌를 때마다

안개의상을 벗는다.

시선을 붙잡고 늘어지는 유난히 붉은 감

저물 무렵의 노을처럼 붉은 열매도

감당하기 힘든 고통은 뒷전으로 밀려나오나 보다

땅의 지붕에 누워 하늘을 본다.

가지에 매달린 허공이 투신한다.

생은 높은 곳에서 낮은 데로 떨어지는 것일까?

낙하가 크면 클수록 속 뭉그러져 으스러진다.

가지에 걸어둔 붉은 화인처럼

허공은 늘 빈 집으로 남아 있다.

더 이상 돌아갈 수 없는 계절이다

그렇게 가을은 어딘가로 맞닿아 있었다.

－「빈 집」전문

빈 집은 누군가의 소유를 거부한 집이다. "허공"으로 변신 중
이다. "감나무 밑에 새벽 잎사귀"를 받아내며 허물어지고 있다.
또한 집은 "상처로 얼룩져 있다." 하지만 시간이 흐르면서 그 또

한 사라질 것이다. 집이 집의 마지막까지 모든 고통을 감내해 낸 순간, 집은 드디어 무너져 하늘을 바라볼 수 있게 된다. "땅의 지붕에 누워 하늘을 본다." 그리고 "가지에 매달린 허공이 투신"하는 것을 받아낸다. 그러나 그 또한 집의 시간이다. 감나무에 열린 열매들이 결국은 "높은 곳에서 낮은 데로"떨어져 마침내 소멸하듯, 세상 모든 집은 결국 허공이다. 낙하가 크거나 작을 수는 있어도, 결국 허공으로 돌아간다. 그러므로 시인이 "허공은 늘 빈 집으로 남아있다."라고 말한다. 허공이 곧 집이라는 의미다. 그렇게 될 때, 모든 것이 허물어지고 낙하하여 빈 것이 될 때, 비로소 생명은 다른 "어딘가로 맞닿아" 흘러간다. 허공은 오래된 감나무 한 그루가 빚어내는 집이자 우주 전체가 빚고 있는 거대한 집이다. 집이라는 상징을 통해 시인은 소유의 체계 안에 사로잡힌 집의 형식을 구출하고자 하는 것은 아닐는지.

그러므로 집은 삶의 의미를 밝히는 거울이다. 언제나 그렇듯, 시의 거울은 자기 자신을 되비추는 것을 목적으로 하지 않는다. 시인에게는 세계 전체가 거울이 되어야 한다. 시인은 세계를 통해 세계를 읽는 존재다.

상징이라는 진동振動

하지만 허공은 텅 빈 공간이 아니다. 그것은 생명의 공간이기 때문이다. 이 세상에는 "쉬는 나무가 없듯 쉬는 계절도 없다."(「나무의 도감」) 모든 생명을 담고 있는 허공 역시 살아 있다. 허공은 생명이 끊임없이 변화하고 살아 움직이는 공간이다. 동시에 그곳엔, 생명의 "진동"(「빨간 옹알이」)이 존재한다. 그것은 왜 그러한가.

기실 모든 생명은 동일한 것이 아닌 차이들과 공명함으로써 진화해왔다. 다르다는 것은 이것과 저것 사이의 틈을 만든다. 그러나 이 틈이 있기에 존재들은 보이지 않는 파동으로 연결될 수 있다. 만일 이 파동이 없었다면 생명의 진화는 진행되지 않았을 것이다. 그런데 어쩌면 이 파동이 곧 존재의 마음이라고 부를 수 있지 않을까. 물리적 진동과는 다른 이 마음의 진동은, 상징과 의미들이 만들어낸 공명이다. 물리적 진동은 하나의 점을 중심으로 반복적으로 왔다 갔다 하면서 끊임없이 같은 것만을 반복한다. 하지만 생명의 진동에서는 어느 것도 중심이 없으며, 동일한 진동은 존재하지 않는다. 그 어떤 것도 정해진 궤도 안에서 움직여지지 않기 때문이다. 사물의 진폭과 달리, 생명은 반복하지만 차이들을 만들어낸다. 정해진 궤도를 이탈하여 쇄도하기도 하고 감쇠하기도 한다. 생명의 진화는 어느 한쪽으로도 기울지 않는 흐름의 균형이 무엇보다 중요하다. "기울기가 있는 것엔 힘의 논리가 있다"(「저울의 법칙」). 생명의 진동은 이러한 힘에 대한 저항이다. 아니 다른 힘에 대한 상상이다. 저항이 사라진 세계는 팽팽하지만, 그 어떤 것도 날아오를 수 없다. "저항엔 날아오르는 소리가 있다"(「바람의 책」).

대나무 한 그루가 하늘을 날고 있다 허공을 품고 살았던 살蔑들로 바람을 막아서고 있는 풍연 바람 가득 든 꼬리의 힘으로 떠 있다

한 여름 대숲 풀어져 공중으로 솟구쳐 오르던 순筍을 닮은 바람 한 장 실에 매여진 바람 한 장이 벌잇줄 같은 날개를 휘젓는다. 땅에서 자란 것들, 하늘 쪽으로 가까워질수록 어느 쪽으로도 마음 끊을 수 없는 사이가 팽팽해진다.

잘못 디딘 보폭이 돌 듯 휘청거리는 공중의 먼 발치 한 점 바람의 씨를 들추었더니 날아오르는 잎들이 있다. 저 가느다란 뼈로 긴 거리를 거느리고 있다 나는 것들을 되감으면 실뭉치 같은 집을 짓기도 한다. 흔들리는 것들, 스스로 가볍거나 스스로 무겁다.

열 손가락에서 풀려나간 실의 거리가 묵직하다 사다리를
놓아 바람을 벗겨오던 옛일이 가까이에 걸리고 부력을 가질
수록 질겨지는 기억 오래 전 창의 반대쪽으로 허공이 붙여놓
은 부적이 있을지도 모른다. 어느 방향을 막으려고 저렇듯
팽팽할까 바람을 당겨 감는다.

　푸른 씨앗도 없이 대숲에선 줄기들이 태어나고 있다 몸은
죽고 꼬리만 살아 펄럭거리고 있는 바람 한 장.

－「바람 한 장」 전문

　「바람 한 장」이라는 시는 이러한 생명의 균형을 "풍연"이라는
상징을 통해 잘 보여주고 있다. 풍연이 하늘 높이 날아오를 때,
그것은 무엇의 힘일까. 아마도 그것은 바람의 방향과 그 바람을
거스르는 힘 사이의 관계일 것이다. 바람의 자유로운 힘과 바람
을 한 점으로 붙드는 힘 사이에서 만들어진 균형 때문에 연은 하
늘로 날아오를 수 있다. 만일 힘이 어느 한쪽으로 기울어버린다
면 연을 공중에 솟구쳐 오를 수 없다. 풍연처럼, 대나무처럼, 세
상 모든 것은 삶을 향한 중력과 그것으로부터 벗어나고자 하는
"바람의 씨"를 품고 살아간다. 그러므로 진정한 자유는, 바람을
이해하고 바람으로부터 자유로워질 때 생겨난다. 바람이 없다면
연은 날아오를 수 없다. 바람은 연鳶의 바깥이 아니라 연의 본질

적인 형식이라고 말할 수 있다. "애초에 두 개 이상의 것이 하나같이 울려나"(「날아가는 자전거」)올 때, 생명은 앞으로 나아갈 수 있다. "허공을 품고"살아가지 않는 생명은 없다. 바람은 생명의 본질이다."한 여름 대숲 풀어져 공중으로 솟구쳐 오르던 순簡"도 "바람 한 장"이다. 아니 바람은 삶 자체를 펼쳐놓은 형식이 없는 공간이며, "땅에서 자란 것들"이 지닌 무형의 집이다. 그러므로 바람의 허공을 되감으면, 존재의 "집"이 되고 "기억"이 된다. 하여 시인은 오늘도 "바람을 당겨 감는다."

그것은 인간의 감정도 마찬가지다. 슬픔은 희망을 통해, 희망 때문에, 다른 방향으로 나아갈 수 있다. "오래도록 자란 슬픔의 창을 닫고 /실낱같은 희망들이 수북하게 만져지는 날"(「머리를 자르며」)이 있지 않은가. 즉, 모든 것의 균형이란 결국 서로 다른 두 개의 극점을 다루는 마음의 균형에서 비롯된다. 아마도 생명의 진동이란 그와 다르지 않을 것이다.

따라서 연의 목적은 바람이 되어야 한다. 연이 바람을 상상할 수 있을 때 비로소 존재의 의미를 다할 수 있다. 연을 날리기 위해서는, 연을 잊고, 자연스러운 바람의 길을 따라가야 하는 한다. "물속의 유속을 뒤적거려보면 물의 지느러미가 있듯 물고기의 길이 있고", "물속에 물의 가지가 있다"(「물고기의 귀에 관한 몇 가지 소문」). 시인은 묻고 있다. 자유롭다는 것은 생명이 자신의 고유한 길을 가는 것이 아니고 무엇일 수 있겠는가, 라고.

하지만 역설적으로, 생명은 소유를 모른다. 그 어떤 것에 대해서도 "저작권"(「도감」)을 주장하지 않는다. 생명의 진화는 저자가 없는 거대한 역사와도 같다. 생명을 가진 모든 것은 그 자체로 이미 한 권의 책이다. 모든 것에 모든 것을 연결한 상징이다. 생명이란 언제나 다른 생명에 대한 "색인"이며 주석이다. "잎들은 바람의 단행본"이다(「늙은 책」). 진정한 생명의 "진화는 힘이 아니"며, "목적이 없고 목표가 없으며 방향이 없다"(「물고기의 귀에 관한 몇 가지 소문」). 오늘날 여전히 우리가 시를 읽고 쓰는 이유 또한 이로부터 멀지 않는다.

이렇듯 장유정 시인은 그 어느 것도 허투루 읽지 않는다. 보고 또 보려 한다. 그것은 살아 있는 존재들 자체가 시인이 기록해야 할 상징의 교본이자 도감이기 때문이다. 아마도 시인은 이 모든 상징의 도감을 완성할 때까지, 시 쓰는 일을 멈추지 않을 것이다. 상징은 타자와 함께 만든 마음의 진동이 아닌가. 그녀의 시들은 그녀가 행한 사유의 집인 동시에 타자들의 집이 되어가고 있다. 누군가는 그녀의 시집을 읽으며, 모든 것이 너무도 빠르게 소모될 뿐 새롭게 생성되지 않는 불모의 시대를 찬찬히 건너갈 것이다.